FRANCE DRAMAT[IQUE]

- Abbaye de Castro (l'), drame, 5 actes. 60
- Abbé (l') Galant, vaud., 2 actes. 60
- Abbé de l'Epée (l'), com., 5 actes. 60
- Agamemnon, trag., 5 a. 60
- Aline Patin, vaud., 3 a. 60
- Aline, reine de Golconde, op.-com. 60
- Alix ou les deux Mères, drame, 5 actes. 60
- Amant bourru (l'), com., 3 actes en vers. 60
- Ambassadrice, op-com., 3 actes 60
- A minuit, dr., 3 actes. 60
- Amour (l'), vaud., 3 a. 60
- André Chénier, dr., 3 a. 60
- Angéline ou la Champenoise, vaud., 1 a. 60
- Anglaises pour rire (les) vaudeville, 1 acte. 60
- Angèle, dra., 5 a. Dumas. 60
- Angélus (l') dr., 5 a. 60
- Antony, dr., 5 a. Dumas 60
- Anneau de la Marquise (l'), v., 1 acte. 60
- Aristocraties (les) com., 5 actes, en vers 1 »
- Article 213 (l') vaud., 1 a. 60
- Assemblée de Famille (l'), c., 5 a., en vers. 60
- Auberge des Adrets (l'), drame, 3 actes. 60
- Avant, Pendant et Après, v., 3 actes. 60
- Avocat de sa cause (l') com., 1 acte, en vers. 60
- Bains à domicile (les) vaud. 60
- Bambocheur (le), v., 1 acte. 60
- Barbier de Séville (le) op.-c., 4 actes. 60
- Barbier de Séville (le), comédie, 4 act. 60
- Barcarolle (la), op.-com. 3 actes. 60
- Bayadères de Pithiviers (les) vaud., 3 actes. 60
- Béatrix, drame, 4 act. 60
- Beau-Père (le), v., 1 a. 60
- Bélisaire, vaude., 2 act. 60
- Belle aux cheveux d'or, (la) féerie, 5 actes. 60
- Belle Bourbonnaise (la) drame, 3 actes. 60
- Belle Écaillère (la), dr., 3 actes. 60
- Belle et la Bête (la), vaud. en 2 actes. 60
- Belle Mère (la) et le Gendre, com., 3 actes. 60
- Belle Sœur (la), c., 2 a. 60
- Bénéficiaire (le), v., 5 a. 60
- Bertrand l'horloger, c., vaud., 2 actes. 60
- Bertrand et Raton, c., 5 actes. 60
- Birlibi le Masourkiste, vaudev., 1 act. 60
- Bobèche et Galimafré, v. 3 act. 60
- Bœuf gras, (le) vaud., 1 a. 60
- Bohémiens de Paris (les) 60
- Bohémienne de Paris (la), dr. 5 act. 60
- Bonhomme Job (le) vaud, 3 act. 60
- Bonnes d'enfans (les), vaudeville, 1 acte. 60
- Boulangère a des écus (la), vaud., 2 actes. 60
- Bourgeois de Gand (le), drame, 5 actes. 60
- Bourgeois grand seigneur (le), com., 3 a. 60
- Bourgmestre de Saardam (le), v., 2 actes. 60
- Bourru bienfaisant (le), com., 3 actes. 60
- Branche de chêne (la), drame, 5 actes. 60
- Brasseur de Preston (le) op.-com., 3 actes. 60
- Bruno le fileur, vaud., 2 actes. 60
- Brigitte, dr., 3 actes. 60
- Brodequins de Lise (les) vaud., 1 acte. 60
- Brueis et Palaprat, c., 1 acte. 60
- Brutus, vaud., 1 acte. 60
- Budget d'un jeune ménage (le), vaud., 1 a. 60
- Bureau de placement (le), vaud., 2 actes. 60
- Cabinets (les) particuliers, vaud., 1 acte. 60
- Cachucha (la), v., 1 a. 60
- Cagliostro, op.-c., 3 a. 60
- Calas, drame 3 actes. 60
- Caleb de Walter Scott (le) vaud., 1 acte. 60
- Camaraderie (la), c., 5 a. 60
- Camarade du ministre (le), com., 1 acte. 60
- Camargo (la), v., 4 a. 60
- Camp des croisés (le), drame., 5 actes. 60
- Canaille (la), v., 3 actes. 60
- Candinot, roi de Rouen, vaud., 2 actes. 60
- Capitaine de voleurs (le) vaud., 2 actes. 60
- Capitaine (le) Charlotte, com.-v., 2 a. 60
- Caporal et la payse (le) com.-vaud., 1 acte. 60
- Caravage, dr., 3 actes. 60
- Carlin à Rome, v., 1 acte. 60
- Carlo Beati, vaud., 3 a. 60
- Carmagnola, op., 2 a. 60
- Carte à payer (la), v., 1 a. 60
- Carte blanche, c., 1 a. 60
- Cartouche, dr., 3 actes. 60
- Catherine ou la Croix d'or, vaud., 2 actes. 60
- Catherine II, tra., 5 a. 1
- Catherine Howard, dr. 5 actes. Dumas. 60
- Célibataire (le) et l'Homme marié, com. 3 a. 60
- Cendrillon, op.-com., 3 actes. 60
- C'est encore du bonheur, vaud., 3 actes. 60
- C'est monsieur qui paie, vaud. 1 a. 60
- C'était moi, dr., 2 a. 60
- Chacun de son côté, com. 3 actes. 60
- Chaîne électrique (la), com. 2 actes. 60
- Châlet (le) op.-c., 1 a. 60
- Changement d'uniforme (le), vaud., 1 acte. 60
- Chanoinesse (la), v., 1 a. 60
- Chansons de Béranger (les), vaud., 1 acte. 60
- Chantre et Choriste, v., 1 acte. 60
- Charles VII, tra., 5 actes. Dumas. 60
- Chêne du roi, tra., 3 a. 60
- Chevalier (le) du temple, dr., 5 actes. 60
- Chevilles de maître Adam (les), c., 1 a. 60
- Chiffonnier (le), v., 5 a. 60
- Christine, dr. 5 actes. 60
- Ci-devant jeune homme (le), v., 1 acte. 60
- Citerne d'Albi (la) dr., 3 actes. 60
- Cléopâtre, tra., 5 actes. 60
- Clermont ou une Femme d'artiste, v., 2 a. 60
- Closerie des Genets, dr., 5 actes. 60
- Clotilde, drame 5 actes. 60
- Clytemnestre, tra., 5 a. 60
- Cocarde tricolore (la), vaud., 5 actes. 60
- Code et l'Amour (le), vaud., 1 acte. 60
- Code noir, op.-c., 3 a. 60
- Coffre-fort (le), v., 1 a. 60
- Coiffeur et le perruquier (le), vaud., 1 a. 60
- Coin de rue (le), v., 1 a. 60
- Colonel (le), v., 1 a. 60
- Comédiens (les), dr., 5 a. 60
- Comité de bienfaisance (le), com., 1 a. 60
- Commis voyageur (le), vaud., 2 a. 60
- Comte Ory, op., 3 a. 1
- Comtesse d'Altemberg, dr., 5 actes. 60
- Conte des Fées, v., 3 a. 60
- Conteur (le), com., 3 a. 60
- Contrastes (les), c., 1 a. 60
- Contrebasse, vaud., 1 a. 60
- Convenances d'argent (les), c., 3 actes. 60
- Couleurs de Marguerite (les), vaud., 2 a. 60
- Course à l'héritage, com., 5 actes. 60
- Courte-paille (la), v., 3 a. 60
- Cousin du ministre (le), vaud., 1 a. 60
- Couturières (les), v., 1 a. 60
- Couvent de Tonnington (le), drame, 3 a. 60
- Cuisinières (les), v., 1 a. 60
- Dagobert ou la Culotte, vaud., 3 a 60
- Dame blanche (la), op.-com., 3 a. 60
- Dame de Laval (la), dr., 3 actes. 60
- Dame de St-Tropez (la), drame en 5 actes. 60
- Daniel-le-Tambour, v., 2 actes. 60
- Débardeur (le), v., 2 a. 60
- Débutant (le), c., 1 a. 60
- Delphine, com. 2 actes. 60
- Démence (la) de Charles VI, trag., 5 actes. 60
- Demoiselle à marier (la), vaud., 1 acte. 60
- Dernier amour (le), v., 3 actes. 60
- Dernier banquet de 1848, rev., 3 actes. 60
- Dernier marquis (le), dr. 5 actes. 60
- Dette à la Bamboche, com.-vaud., 2 actes. 60
- Deux Anglais (les), c., 3 actes. 60
- Deux Compagnons du Tour de France, v. 2 a. 60
- Deux Dames au violon, vaud., 1 a. 60
- Deux Edmond (les), v., 2 actes. 60
- Deux Favorites, v., 2 a. 60
- Deux Forçats (les), dr., 3 actes. 60
- Deux Frères (les), c., 4 actes. 60
- Deux Gendres (les), com., 5 a. 60
- Deux Jaloux (les), op.-com., 1 a. 60
- Deux Maris (les) v., 1 a. 60
- Deux Ménages (les), c., 3 actes. 60
- Deux Normands, v., 1 a. 60
- Deux papas très-bien, v., 1 acte. 60
- Deux Philibert (les), com., 3 a. 60
- Deux Sœurs, dr., 3 a. 60
- Deux Systèmes (les) v., 2 actes. 60
- Deux voleurs, op.-c., 1 acte. 60
- Diable à quatre (le), v., 3 actes. 60
- Diamant (le), v., 2 a. 60
- Diamans de la couronne, opéra-com., 3 a. 60
- Dîner de Madelon (le), vaud., 1 a. 60
- Diogène, dr., 5 actes. 60
- Diplomate (le), v., 2 a. 60
- Dix (les), op.-com., 1 a. 60
- Dix ans de la vie d'une femme, dr., 5 a. 60
- Docteur Robin (le), v., 1 acte. 60
- Dominique ou le possédé, com., 3 a. 60
- Domino noir (le), op.-c., 3 actes. 60
- Don César de Bazan, dr., 5 actes. 60
- Don Juan d'Autriche, com., 5 actes. 60
- Don Sébastien de Portugal, opéra, 5 a. 1
- Don Pasquale, op., 3 a. 1
- Duc d'Olonne, op.-c., 3 actes. 60
- Duchesse de Marsan, dr., 5 actes. 60
- Duel (le) et le Déjeûner, vaud., 1 acte. 60
- Eclair (l'), op.-c., 3 a. 60
- Ecole des Vieillards (l'), com., 5 actes. 60
- Economies de Gabochard et Sous Clé. 60
- Edouard et Clémentine, vaud., 3 actes. 60
- Echec et Mat, dr., 5 actes. 1
- Elève de Saumur (l'), vaud., 1 acte. 60
- Elle est folle, v., 3 a. 60
- Embarras du choix (l'), vaud., 1 a. 60
- Endymion, v., 1 a. 60
- Enfant chéri des Dames, vaud., 2 a. 60
- Enfants d'Edouard (les), trag., 5 a. 60
- Enfant trouvé (l'), c., 3 actes. 60
- Entre l'arbre et l'écorce, vaud., 1 acte. 60
- Espionne russe (l'), v., 3 actes. 60
- Est-ce un rêve? v., 2 a. 60
- Estelle, vaud., 1 a. 60
- Etourdis (les), c., 3 a. 60
- Etudiants (les), dr., 5 a. 60
- Eulalie Pontois, drame, 3 actes. 60
- Eustache, v., 1 a. 60
- Facteur (le), dr., 5 a. 60
- Famille Glinet (la), c., 5 actes. 60
- Famille improvisée (la), vaud., 1 acte. 60
- Famille Riquebourg (la), vaud., 1 a. 60
- Fanfan le bâtonniste, vaud., 2 a. 60
- Farruck le Maure, dr., 5 actes. 60
- Faublas, vaud., 5 actes. 60
- Favorite (la), op., 4 a. 1
- Femme de 40 ans, com., 3 actes. 60
- Femme jalouse (la), c., 5 actes. 60
- Fénélon, trag., 5 a. 60
- Ferme de Bondy (la), vaud., 4 a. 60
- Festin de pierre (le), com., 5 a. 60
- Feu Peterscott, v., 2 a. 60
- Fiancée (la), op.-c., 3 a. 60
- Fiancée de Lammermoor (la), dr., 3 a. 60
- Fille de Dominique (la), vaud., 1 a. 60
- Fille d'honneur (la), c., 5 actes. 60
- Fille du Cid (la), trag., 5 actes. 60
- Fille du musicien (la), drame, 3 a. 60
- Fille d'un voleur (la), vaud., 1 a. 60
- Fille du tapissier (la), com., 3 a. 60
- Fin du Monde (la), revue 1848. 60
- Floridor le Choriste, com., 2 a. 60
- Foire St-Laurent (la), vaud., 1 a. 60
- Folie de la cité, dr., 5 a. 60
- Frascati, vaud., 3 a. 60
- Fra-Diavolo, op.-c., 3 actes. 60
- Françoise et Francesca, vaud., 3 a. 60
- Frédégonde et Brunehaut, trag., 5 a. 60
- Frère et mari, op.-c. 60
- Frères à l'épreuve (les), drame 5 a. 60
- Gabrina, dr., 5 a. 60
- Gaëtan il Mammone, drame 5 a. 60
- Gamin de Paris, v., 2 actes. 60
- Gardeuse de dindons, vaud., 3 a. 60
- Gardien (le), v., 2 a. 60
- Gaspardo le pêcheur, drame, 5 a. 60
- Gendre d'un millionnaire (le), c., 5 a. 60
- Geneviève la blonde, vaud., 2 a. 60
- Georges et Maurice, vaud., 2 a. 60
- Glenarvon ou les Puritains, dr., 5 a. 60
- Grâce de Dieu (la), dr., 5 actes. 60
- Grande Dame (la), dr., 2 actes. 60
- Guerre des servantes, drame, 5 a. 60
- Guillaume Colmann, d., 5 actes. 60
- Guido et Ginevra, op., 5 actes. 1
- Guillaume Tell, gr.-op. 5 actes. 1
- Gustave III ou le Bal, grand-opéra, 5 a. 60
- Harnali, parodie d'Hernani. 60
- Héloïse et Abeilard, d., 5 actes. 60
- Henri Hamelin, vaud., 3 actes. 60
- Henri III et sa cour, d., 5 actes. 60
- Héritage du mal (l'), drame 4 a. 60
- Héritière (l'), comédie, 5 actes. 60
- Héritière (l'), v., 1 a. 60
- Héritiers ou le Naufrage (les), c., 1 a. 60
- Héroïne de Montpellier (l'), drame, 5 a. 60
- Heur et Malheur, v., 1 acte. 60
- Homme au masque de fer (l'), dr., 5 a. 60
- Homme blasé (l'), v., 2 actes 60
- Homme de soixante ans, (l'), vaud., 1 a. 60
- Homme gris (l'), c., 3 a. 60
- Honorine, vaud., 3 a. 60
- Hôtel garni (l'), c., 1 a. 60
- Huguenots (les), grand opéra, 5 a. 1
- Humoriste (l'), v., 1 a. 60
- Hussard de Felsheim, (les), vaud., 3 a. 60
- Idiote (l'), dr., 3 a. 60
- Il y a seize ans, dr., 5 a. 60
- Image (l'), vaud., 1 a. 60
- Indépendants (les), c., 5 actes. 60
- Industriels et industrieux, revue, 3 a. 60
- Infortunes de M. Jovial (les), vaud., 3 a. 60
- Intérieur des comités révolutionnaires, com., 3 actes. 60
- Isabelle de Montréal, drame, 2 a. 60
- Jacquot, vaud., 2 a. 60
- Jaspin, vaud., 2 a. 60

VILLEFORT

DRAME EN CINQ ACTES ET DIX TABLEAUX,

DE MM. ALEXANDRE DUMAS ET AUGUSTE MAQUET,

Représenté pour la première fois, à Paris, sur le théâtre de l'Ambigu-Comique, le 8 mai 1851.

4e PARTIE DE MONTE-CRISTO.

PERSONNAGES.	ACTEURS.	PERSONNAGES.	ACTEURS.
VILLEFORT	MM. CHILLY.	BARROIS	MM. DE PRELLE.
MONTE-CRISTO	ARNAULT.	BAPTISTIN	COREY.
LE MAJOR CAVALCANTI	VERNER.	LE NOTAIRE	MARTIN.
ANDRÉA CAVALCANTI	LAURENT.	ALI	LAVERGNE.
MAXIMILIEN MORREL	GASTON.	ÉDOUARD	Le petit SYLVAIN.
D'AVRIGNY	LYONNET.	VALENTINE	Mmes NAPTAL-ARNAULT.
DANGLARS	STAINVILLE.	Mme DE VILLEFORT	MÉSANGES.
DEBRAY	BOUSQUET.	Mme DE SAINT-MÉRAN	LEMAIRE.
CADEROUSSE	BOUTIN.	Mme DANGLARS	MARIE-CLARISSE.
BERTUCCIO	MACHANETTE	JULIE	LANGLET.
EMMANUEL	DEBREUIL.	Mme GRIGNON	CAROLINE.

S'adresser, pour la Musique, à M. ARTUS, chef d'orchestre; et, pour la mise en scène, à M. MONET, régisseur : tous deux au théâtre.

ACTE PREMIER.

PREMIER TABLEAU.

Chez Julie et Emmanuel. — Un salon. — Porte au fond. — A gauche, au premier plan, une porte; au deuxième plan, une fenêtre. — A droite, une cheminée.

SCÈNE I.

MAXIMILIEN, entrant, dans les bras de JULIE et D'EMMANUEL.

MAXIMILIEN.

Oui, me voilà, ma sœur; oui, me voilà, mon cher Emmanuel, et pour passer tout un trimestre avec vous encore.

JULIE.

Oh! mon cher Maximilien, que nous sommes heureux!

MAXIMILIEN.

Et moi donc; mais d'abord cette bourse, que je la baise en mémoire de notre pauvre père.

EMMANUEL.

Tiens!

MAXIMILIEN.

Oh! mes amis, qu'il m'est arrivé une chose étrange!

JULIE.

Celle que tu nous racontes dans ta lettre?

MAXIMILIEN.

Oui, comprenez-vous, au milieu de la Méditerranée, dans une île déserte, qui s'appelle Monte-Cristo, trouver un nabab, un ami de notre famille qui me connaissait, qui te connaissait, qui connaissait Emmanuel... C'est incompréhensible!

JULIE.

Et cet homme doit venir à Paris? cet homme doit venir nous voir?

MAXIMILIEN.

Il m'a dit qu'il serait à Paris avant moi, et qu'une de ses premières visites serait pour la petite maison de la rue Meslay.

JULIE.

Et quel âge?

MAXIMILIEN.

Jeune encore... quarante ans peut-être.

JULIE.

Beau?

MAXIMILIEN.

Beau... oui, si l'expression fait la beauté.

JULIE.

Et riche?

MAXIMILIEN.

A millions.

EMMANUEL.

Tiens, une voiture s'arrête à la porte.

JULIE.

Quelle étrange chose, si c'était lui?...

MAXIMILIEN.

Oh! ça ne m'étonnerait pas. (Il ouvre la fenêtre.) Miracle!

EMMANUEL.

Comment!

MAXIMILIEN.

Je vous annonce le comte de Monte-Cristo.

EMMANUEL, JULIE.

Le comte de Monte-Cristo!

MAXIMILIEN.

En personne.

JULIE.

Oh! reçois-le, mon frère, il faut que je passe une robe. (Elle se sauve.)

EMMANUEL.

Et moi une redingote. (Il sort vivement.)

MAXIMILIEN.

Ah! bon, bon. Ah! M. le comte, voilà vos millions qui font leur effet. (Allant à la porte.) Par ici, monsieur le comte, par ici.

SCÈNE II.

MONTE-CRISTO, MAXIMILIEN.

MONTE-CRISTO.

Eh bien! monsieur, suis-je homme de parole? J'avais dit que je serais arrivé avant vous.

MAXIMILIEN.

Ah! monsieur le comte, il y a dix minutes que je suis ici.

MONTE-CRISTO.

Moi, je suis arrivé il y a quelques jours, et ces quelques jours, je les ai bien employés, je vous jure. Mais on m'avait dit que vous étiez avec votre sœur et votre beau-frère.

MAXIMILIEN.

Oui, seulement à l'annonce de votre arrivée tout cela s'est sauvé; mais, soyez tranquille, pour reparaître et cela dans une tenue plus digne de vous.

MONTE-CRISTO.

Ah! ça, mon cher, je vois avec douleur que je fais révolution dans votre famille.

MAXIMILIEN.

Oh! révolution pacifique, tous deux jardinaient quand je suis arrivé et étaient en tenue de jardinier. Emmanuel troque sa veste contre une redingote, et Julie son peignoir contre une robe.

MONTE-CRISTO.

Vous avez là une heureuse famille, n'est-ce pas?

MAXIMILIEN.

Oh! oui, je vous en réponds; que voulez-vous, ils sont jeunes, ils sont gais, ils s'aiment, et avec leurs vingt-cinq mille livres de rente, eux qui ont côtoyé tant d'immenses fortunes, ils se figurent posséder les richesses de Crésus. Ils sont heureux! (Il soupire.)

MONTE-CRISTO.

Et vous, Maximilien, est-ce que vous n'êtes pas heureux?

MAXIMILIEN.

Oh! moi... (Il soupire encore.) c'est différent.

MONTE-CRISTO.

Pourquoi soupirez-vous? Pourquoi vous taisez-vous? Vous vous défiez de moi? Maximilien, est-ce que vous ne m'aimez pas?

MAXIMILIEN.

Moi!... Tenez... ce que je vais vous dire est étrange, comte, car entre hommes on ne se fait guère de ces sortes de confidences. Si, je vous aime! Oui; du moment où je vous ai vu, j'ai éprouvé pour vous une étrange sympathie. Je vous regarde, je cherche inutilement à vous reconnaître. Eh bien, quoique ma raison soit là qui me dise que je ne vous avais jamais vu avant notre rencontre à l'île de Monte-Cristo, il me semble, à moi, que nous nous sommes vus autrefois, où? je n'en sais rien. Supposez que les deux âmes d'Euriale et de Nisus se retrouvent dans les générations qui suivirent la leur, eh bien, mon âme près de vous éprouve quelque chose de pareil à ce que leurs âmes auraient dû éprouver.

MONTE-CRISTO.

Bon Maximilien, c'est une permission de la Providence, mon ami.

MAXIMILIEN.

Aussi, j'ai bien envie de vous faire une confidence, comte.

MONTE-CRISTO.

Quand cela?

MAXIMILIEN.

Oh! un jour que nous serons bien seuls...

MONTE-CRISTO.

Une confidence d'amour?

MAXIMILIEN.

Oui.

MONTE-CRISTO.

Oh! mon cher Maximilien, prenez garde.

Quand les hommes comme vous aiment, ils aiment de toute la puissance de leur organisation; ils aiment avec leur cœur, avec leur âme; toute leur existence, tout leur bonheur, tout leur avenir est dans leur amour. Vous croyez-vous aimé, Maximilien?

MAXIMILIEN.

Oh! d'un amour égal au mien, j'en suis sûr.

MONTE-CRISTO.

Eh bien, alors, que demandez-vous à moi? Demandez à Dieu que cet amour dure, et tant qu'il durera, prenez en dédain les hommes, prenez en dédain le monde, vivez de votre amour et dans votre amour.

MAXIMILIEN.

Oh! rien de nos douleurs ne vient d'elle ni de moi, mais de ses parens qui veulent la marier à un autre.

MONTE-CRISTO.

Et vous comptez sur moi pour combattre cette opposition?

MAXIMILIEN.

Oui.

MONTE-CRISTO.

Je les connais donc?

MAXIMILIEN.

Peut-être. Eh! ne connaissez-vous pas tout le monde?

MONTE-CRISTO.

De sorte que vous désirez?

MAXIMILIEN.

Ecoutez, je ne sais quelle fée a présidé à votre naissance, mon cher comte, mais elle vous a donné le pouvoir de la persuasion. Oui, si je suis seul, les parens de celle que j'aime feront de grandes difficultés pour me la donner; si, au contraire, le comte de Monte-Cristo consent à me servir de parrain, je suis convaincu que toute difficulté se lèvera devant lui.

MONTE-CRISTO.

Ecoutez, Morrel, je vous l'ai déjà dit et je vous le répète, je vous aime comme un fils, plus qu'un fils même. Vous avez raison, je puis beaucoup quand je veux. Eh bien! je veux que vous soyez heureux, Morrel, et pour que vous soyez heureux, je donnerais, non-seulement ma fortune, mais encore mon sang.

MAXIMILIEN.

Ah! comte!

MONTE-CRISTO.

Vous savez que je ne suis pas prodigue de pareilles démonstrations. Venez me trouver à ma maison de Paris, quand vous voudrez, avenue des Champs-Elysées, n. 30, porte à porte avec la maison de madame de Villefort.

MAXIMILIEN.

Porte à porte avec madame de Villefort!

MONTE-CRISTO.

Vous la connaissez?

MAXIMILIEN.

Oh!

MONTE-CRISTO.

Venez donc quand vous voudrez. Nous déjeunerons ensemble, nous causerons ensuite, et pour quelque chose que ce soit, vous disposerez de votre ami...

MAXIMILIEN.

Vous êtes si bon, que je veux vous dire...

MONTE-CRISTO *voyant Emmanuel.*

Nous ne sommes plus seuls...

MAXIMILIEN.

Mon beau-frère Emmanuel, monsieur le comte.

SCÈNE III.

LES MÊMES, EMMANUEL, puis JULIE.

MONTE-CRISTO.

Venez, monsieur le philosophe, que je vous fasse mon compliment; on me présente un homme content de sa fortune. J'ai beaucoup voyagé, monsieur Herbaut, et c'est la première fois que je rencontre pareil prodige.

EMMANUEL.

C'est que nous avons mis notre joie ailleurs monsieur.

MONTE-CRISTO.

Oui, dans les douces et chastes passions. Je sais déjà cela, monsieur. Aussi, comme tout à l'heure j'étais triste et que je me sentais en train de devenir mauvais, j'ai dit à mon cocher, rue Meslay, n. 15; car je savais trouver ici le calme, l'innocence, l'amour, ces trois plantes sacrées avec lesquelles on fait le baume qui guérit toutes les plaies humaines.

MAXIMILIEN, *à Julie, qui entre.*

Allons, viens prendre ta part de complimens, le comte est en train de nous gâter. Comte, si depuis que vous êtes à Paris, vous ne savez pas encore ce que c'est qu'une bourgeoise du Marais, voici ma sœur qui va vous l'apprendre.

MONTE CRISTO.

Madame, pardonnez-moi une émotion qui doit vous étonner, vous, accoutumée à cette paix et à ce bonheur que je rencontre ici, mais pour moi c'est chose si nouvelle que la satisfaction sur un visage humain, que je ne me lasse pas de vous regarder, vous et votre mari.

JULIE.

Nous sommes bien heureux, en effet, monsieur; mais nous avons été longtemps à souffrir et peu de gens ont acheté leur bonheur aussi cher que nous.

MONTE-CRISTO.

Oh ! vraiment ! si j'étais plus avant dans votre intimité, mon cher Maximilien, je vous dirais de me conter cela.

MAXIMILIEN.

Oh ! c'est toute une histoire de famille et pour vous, monsieur le comte, habitué à voir d'illustres malheurs et des joies splendides, il y aurait peu d'intérêt dans ce tableau d'intérieur. Toutefois nous avons, comme vient de vous le dire Julie, souffert de bien vives douleurs, quoiqu'elles fussent renfermées dans un petit cadre.

MONTE-CRISTO.

Et Dieu vous a versé la consolation sur la souffrance.

JULIE.

Oui, monsieur le comte, nous pouvons le dire, car il a fait pour nous ce qu'il ne fait pas pour ses élus, il nous a envoyé un de ses anges.

EMMANUEL.

Ceux qui sont nés dans un berceau de pourpre et qui n'ont jamais rien désiré, ne savent pas ce que c'est que le bonheur de vivre, de même que ceux-là ne connaissent pas le prix d'un ciel pur, qui n'ont jamais livré leur vie à la merci de quatre planches, ballottées par une mer en fureur.

MONTE-CRISTO, se levant tout ému.

Oui, vous avez raison, raison tous deux !

(Il regarde le salon.)

MAXIMILIEN.

Notre magnificence vous fait sourire, monsieur le comte.

MONTE-CRISTO, s'arrêtant devant un globe sous lequel est la bourse que Maximilien a baisée en arrivant.

Non, je me demandais seulement ce que c'était que cette bourse, qui, d'un côté, renferme un papier, ce me semble, et de l'autre un assez beau diamant.

MAXIMILIEN, gravement.

Cette bourse, monsieur le comte, c'est le plus précieux de nos trésors de famille.

MONTE-CRISTO.

En effet, ce diamant est fort beau.

JULIE.

Oh ! mon frère ne vous parle pas du prix de la pierre, quoiqu'elle soit estimée cent mille francs, monsieur le comte, il veut seulement vous dire que les objets qui sont renfermés dans cette bourse sont les reliques de l'ange dont nous vous parlions tout à l'heure.

MONTE-CRISTO.

Voilà ce que je ne saurais comprendre, madame, et cependant ce que je n'ose pas vous demander. Pardonnez-moi, je n'ai pas voulu être indiscret.

JULIE.

Indiscret ! oh ! que vous nous rendez heureux au contraire, monsieur le comte, en nous offrant une occasion de nous étendre sur ce sujet; si nous cachions comme un secret la belle action que rappelle cette bourse, nous ne l'exposerions pas ainsi à la vue. Oh ! nous voudrions pouvoir la publier dans tout l'univers, pour qu'un tressaillement de notre bienfaiteur inconnu nous révélât sa présence.

MONTE-CRISTO.

Oh ! vraiment !

MAXIMILIEN prenant la bourse et la portant à ses lèvres.

Monsieur le comte, cette bourse, que je baise avec respect et reconnaissance, a touché la main d'un homme par lequel mon père a été sauvé de la mort, nous de la ruine et notre nom de la honte, d'un homme grâce auquel, nous autres, pauvres enfans voués à la misère et aux larmes, nous pouvons entendre des gens s'extasier sur notre bonheur. (Maximilien tire une lettre de la bourse.) Cette lettre fut écrite par lui, un jour où mon père avait pris une résolution bien désespérée. Et ce diamant fut donné en dot à ma sœur par ce généreux inconnu.

MONTE-CRISTO ouvre la lettre et lit.

« Rendez-vous à l'instant même aux allées » de Meillan, entrez dans la maison n° 15, » demandez à la concierge la clé de la cham» bre du cinquième, entrez dans cette cham» bre, prenez sur le coin de la cheminée une » bourse en filet de soie rouge et apportez » cette bourse à votre père.

» Il est important qu'il l'ait avant onze » heures.

» Vous avez promis de m'obéir aveuglé» ment, je vous rappelle votre promesse.

» SYNDBAD le Marin. »

MAXIMILIEN.

Et dans cette bourse, monsieur, il y avait d'un côté une traite acquittée, une traite de deux cent quatre-vingt-sept mille cinq cents francs, qui était cause que mon père allait se brûler la cervelle et de l'autre, ce diamant qui y est encore, avec ces trois mots écrits sur un petit morceau de parchemin : *Dot de Julie.*

MONTE-CRISTO.

Et l'homme qui vous a rendu ce service vous est resté inconnu ?

MAXIMILIEN.

Oui, monsieur, nous n'avons jamais eu le bonheur de serrer sa main, ce n'est pas faute, cependant, d'avoir demandé à Dieu cette faveur.

JULIE.

Oh! moi, je n'ai pas encore perdu tout espoir de baiser cette main, comme je baise cette bourse, qu'elle a touchée, il y a quatre ans. Fenélon était à Trieste, lorsqu'il vit sur le quai un Anglais, qui allait s'embarquer dans un brick... pardon, vous ne savez pas ce que c'était que Fenélon; c'était un vieux marin qui montait le *Pharaon*, quand le *Pharaon* fit naufrage. Eh bien! il reconnut dans cet Anglais celui qui vint chez mon père le 5 juin 1829, et qui m'écrivit le 5 septembre. C'était bien le même, à ce qu'il assure; malheureusement, il n'osa point lui parler.

MONTE-CRISTO.

Un Anglais, dites-vous, c'était un Anglais? Alors, cet Anglais ne serait-il pas un homme auquel votre père aurait rendu lui-même quelque grand service, et qui, avec le conseil de Dieu, aurait trouvé ce moyen de s'acquitter envers vous?

MAXIMILIEN.

Ma sœur, ma sœur, rappelle-toi, je t'en prie, ce que nous a dit souvent notre bon père : « Non, ce n'est pas un Anglais qui nous a fait ce bonheur. »

MONTE-CRISTO.

Votre père vous disait cela, monsieur Morrel?

MAXIMILIEN.

Mon père, monsieur, voyait dans cette action un miracle. Mon père croyait à un bienfaiteur sorti pour nous de la tombe. Oh! la touchante superstition que celle-là, monsieur, et comme, tout en la repoussant moi-même, j'étais loin de vouloir détruire cette croyance dans son cœur. Aussi, combien de fois y rêva-t-il en prononçant tout bas un nom d'ami bien cher, un nom d'ami perdu, et lorsqu'il fut près de mourir, lorsque l'approche de l'éternité eut donné à son esprit quelque chose de l'illumination de la tombe, cette pensée, qui jusque là n'avait été qu'un doute, devint une conviction, et les dernières paroles qu'il prononça en mourant furent celles-ci : Maximilien! c'était Dantès!

MONTE-CRISTO, très ému.

Dantès! Dantès!

JULIE.

Maximilien, voilà encore un nom inconnu à M. le comte...

MAXIMILIEN.

Que tous ces détails intéressent peu d'ailleurs...

MONTE-CRISTO.

Oh! non, vous vous trompez.

MAXIMILIEN.

Et monsieur, qui sait compâtir au malheur ne resterait pas indifférent au nom que je viens de prononcer, s'il savait combien Dantès a souffert.

MONTE-CRISTO.

Ah! ce... cet homme a souffert beaucoup?

MAXIMILIEN.

Tout ce que Dieu, inépuisable dans sa colère comme dans sa bienfaisance, peut verser de douleurs et d'agonies sur une seule tête!

JULIE.

Pauvre Edmond!

MONTE-CRISTO.

Vraiment?

MAXIMILIEN.

Edmond Dantès était le second d'un bâtiment dont mon père était l'armateur. Il avait vingt ans; il était le plus loyal, le plus pur, le plus joyeux des hommes. La vie lui souriait, il souriait à la vie. Edmond adorait son père, un bon vieillard, spirituel et doux comme ceux de l'ancien temps. Il était fiancé à une jeune fille des Catalans, la plus belle de Marseille, et qui l'aimait de toute son âme.

MONTE-CRISTO.

Ah?...

JULIE.

Ne s'appelait-elle pas Mercédès?

MAXIMILIEN.

Mercédès, oui, un nom charmant, n'est-ce pas, comte?

MONTE-CRISTO.

Un nom charmant.

MAXIMILIEN.

Edmond venait, au retour d'un voyage, d'être nommé par mon père, capitaine de navire. Il serrait la main du vieux Dantès. Il baisait la main de sa fiancée, quand des gendarmes vinrent l'arrêter. Il avait été dénoncé à un magistrat comme faisant partie d'un complot politique. Dénoncé, par qui? on l'ignore. Ce magistrat trouva, dit-on, des charges si fortes contre Edmond Dantès, qu'il dut l'envoyer au château d'If. Hélas! le prisonnier fut oublié!

MONTE CRISTO.

Ah! personne ne le réclama?

MAXIMILIEN.

Mon père, nos amis, tout ce qui s'intéressait à ce pauvre jeune homme. Nous fîmes une demande pour qu'il fût jugé, nous offrîmes des garanties...

MONTE-CRISTO.

Et cette demande?...

MAXIMILIEN.

Fut oubliée comme le prisonnier. Le temps s'écoula. Il étendit son crêpe noir sur cette famille qui s'était vue si heureuse! Le père Dantès succomba le premier, tous les jours attendant son fils, à chaque heure l'appelant, à bout de ressources, trop fier pour demander, trop malheureux pour désirer de vivre, il s'enferma dans sa pauvre maison déserte, et un soir, que les voisins ne l'entendirent plus marcher lentement dans sa chambre, on monta, il était mort, mort de douleur, mort de faim!

MONTE-CRISTO, suffoquant.

Oh!...

MAXIMILIEN.

Quant à la fiancée du pauvre Edmond, elle succomba aussi.

MONTE-CRISTO, surpris.

Elle mourut?

MAXIMILIEN.

Non, elle se maria: et elle quitta le pays. Ce pauvre prisonnier, on a dit qu'il tenta de fuir, et qu'en se précipitant du haut des terrasses du château d'If, il se brisa sur les rochers. La mer engloutit son corps. Dieu a gardé le secret de ses douleurs! C'est égal, je suis sûr que si Edmond, comme l'a cru mon père, avait échappé miraculeusement à la prison, à la mort, et trouvé sous d'autres cieux une nouvelle vie, une nouvelle fortune, je suis sûr que la mort de ce vieillard et la trahison de Mercédès sont deux souvenirs qui l'eussent empêché à jamais d'être bon et d'être heureux.

MONTE-CRISTO.

C'est vrai. Mais le magistrat dont la... sévérité a causé tant de malheurs, qu'est-il devenu? vit-il?

JULIE.

Riche, honoré, aux premiers rangs de la magistrature!

MONTE-CRISTO.

Qui est ce donc, madame?

JULIE.

C'est...

MAXIMILIEN, vivement.

Ma sœur, oublions! ma sœur, je t'en prie, ne nommons personne!

MONTE-CRISTO.

Monsieur Maximilien a raison; ce nom-là prononcé tout haut réveillerait peut-être la colère de Dieu.

MAXIMILIEN.

Qu'avez-vous?

MONTE-CRISTO.

Rien. l'histoire de ce pauvre marin m'a ému. C'est bien naturel, n'est-ce pas, madame? (A Emmanuel, saluant.) Monsieur, Maximilien, mes amis...

MAXIMILIEN.

Vous partez?...

MONTE-CRISTO.

Oui, mais permettez-moi de venir quelquefois vous rendre mes devoirs, madame, mes amitiés. J'aime votre maison et je vous suis reconnaissant de votre accueil, car voici la première fois, oui, la première fois que je m'étais oublié depuis bien des années. Adieu! adieu!

SCÈNE IV.

LES MÊMES, moins MONTE-CRISTO.

EMMANUEL.

Quel homme étrange!

MAXIMILIEN.

Etrange ou non, il a un cœur excellent, et je suis sûr qu'il nous aime.

DEUXIÈME TABLEAU.

Le Jardin de la maison d'Auteuil. — A droite, au deuxième plan, un pavillon. — Au fond, sur la droite, la grille d'entrée.

SCÈNE I.

MONTE CRISTO et LE NOTAIRE apparaissant au haut du perron.

MONTE-CRISTO.

Dam! monsieur, ce n'est ni beau ni neuf, mais en dépensant trois ou quatre cent mille francs là dedans ce sera habitable.

LE NOTAIRE.

J'ai suivi en tout point les instructions de M. le comte. Il m'a dit d'acheter à quelque prix que ce soit la maison n. 28, rue de la Fontaine, à Auteuil, et je l'ai achetée.

MONTE-CRISTO.

Oui, j'avais envie de cette maison, on m'en avait parlé; d'ailleurs on peut se passer un caprice, quand ce caprice ne coûte que cinquante mille francs.

LE NOTAIRE.

Quarante mille, Monsieur.

MONTE-CRISTO.

Oh! je dis cinquante, parce qu'avec les frais d'enregistrement, les honoraires, etc., etc.

LE NOTAIRE.

Vous vous trompez, monsieur le comte, tous

frais compris cela montera à quarante-trois mille cinq cents francs seulement.

MONTE-CRISTO.

Oh! que vous êtes chicaneur, monsieur, tenez, voilà un bon de cinquante mille francs sur le trésor.

LE NOTAIRE.

Mais j'ai l'honneur de faire observer à M. le comte...

MONTE-CRISTO.

C'est bon; s'il y a une différence, ce sera pour l'étude. Ali! Ali!

SCÈNE II.

LES MÊMES, ALI, sur le balcon.

LE NOTAIRE, s'inclinant.

Monsieur le comte.

MONTE-CRISTO.

Allez, monsieur!

MONTE-CRISTO.

Ali, tu m'as souvent parlé de ton adresse à lancer le lazzo? (Ali fait signe que oui) ainsi, avec ton lazzo tu arrêterais un taureau, un tigre, un lion? (Ali fait signe que oui) plus facilement encore, par conséquent, deux chevaux emportés? (Ali sourit) Eh bien, écoute, tout à l'heure une voiture passera, emportée par deux chevaux gris pommelés. Dusses-tu te faire écraser, il faut que tu arrêtes tout cela devant cette porte. (Ali ouvre la porte, ramasse une pierre et trace une ligne.) C'est bien, la voiture ne passera pas cette ligne. Je comprends. Prépare donc ton lazzo et tiens-toi prêt. (Ali salue et s'avance vers la porte où il a tracé une ligne.) Monsieur Bertuccio! monsieur Bertuccio!

SCÈNE III.

MONTE-CRISTO, BERTUCCIO.

BERTUCCIO.

Monsieur Bertuccio! mais venez donc quand on vous appelle. Oh! mon Dieu! comme vous êtes pâle!

BERTUCCIO.

Monsieur le comte, par grâce.

MONTE-CRISTO.

Eh! qu'y a-t-il donc, bon Dieu!

BERTUCCIO.

Excusez, excellence, mais c'est que ce jardin... Oh! tenez, je voudrais aller plus loin, mais cela m'est impossible.

MONTE-CRISTO.

Hein! qu'est-ce à dire?

BERTUCCIO.

Oh! monsieur le comte, il y a là-dessous complot ou fatalité.

MONTE-CRISTO.

Complot ou fatalité! Voilà de bien grands mots, monsieur, pour un si petit personnage que vous êtes. Voyons, en quoi y a-t-il complot, en quoi y a-t-il fatalité contre M. Bertuccio?

BERTUCCIO.

Mais vous voyez bien, monsieur le comte, que ce n'est point une chose naturelle, qu'ayant une maison à acheter aux environs de Paris vous l'achetiez justement à Auteuil, et que, l'achetant à Auteuil, cette maison soit le n. 28 de la rue de la Fontaine. Oh! j'ai eu un pressentiment, quand j'ai entendu parler M. le comte du désir qu'il avait de se fixer à Auteuil et de l'acquisition qu'il y avait faite. Et cependant j'espérais que la maison achetée par M. le comte était une autre maison que celle-ci, comme s'il y avait à Auteuil une autre maison que celle de l'assassinat.

MONTE-CRISTO.

Oh! quel vilain mot vous venez de prononcer là, monsieur Bertuccio, vilain homme! Corse enraciné, va! toujours des mystères et des superstitions! Allons, venez, et si vous avez peur de tomber asseyez-vous sur ce banc.

BERTUCCIO.

Jamais! jamais! monsieur le comte.

MONTE-CRISTO.

Et pourquoi cela?

BERTUCCIO.

Parce que ce banc... ce banc est justement celui sur lequel il est tombé avant de rouler à terre.

MONTE-CRISTO.

Mon cher monsieur Bertuccio, revenez à vous; je vous y engage. Nous ne sommes point ici à Sartènes ni à Corte. Ceci n'est point un maquis, mais un jardin, mal entretenu, c'est vrai, mais qu'il ne faut point calomnier pour cela. (S'asseyant sur le banc.) Allons! venez, je vous attends.

BERTUCCIO.

Jamais, monseigneur, jamais! Oh! que ne vous ai-je tout dit avant de rentrer en France! Que ne vous ai-je tout avoué avant d'entrer ici!

MONTE-CRISTO.

Que m'eussiez-vous dit? que m'eussiez-vous avoué? voyons: qu'en véritable Corse que vous êtes, vous n'avez pas pu pardonner à M. de Villefort la mort de votre frère, condamné par lui?

BERTUCCIO.

Mon Dieu!

MONTE-CRISTO.

Que vous l'avez suivi de Nîmes à Paris; qu'à Paris, au milieu d'un bal, vous lui avez déclaré la vendetta; que le même soir, sachant qu'il avait affaire dans cette maison, vous vous êtes embusqué là, derrière cet arbre?

BERTUCCIO.

Mon Dieu! mon Dieu!

MONTE-CRISTO.

Et qu'au pied de cet autre arbre où je suis, au moment où il enterrait un trésor, vous l'avez frappé d'un coup de poignard, après quoi, en homme qui ne perd pas la tête, vous l'avez emporté tout courant? Voleur!

BERTUCCIO.

Oh! mais ce que votre excellence ne sait pas, c'est que ce coffre renfermait...

MONTE-CRISTO.

Un enfant. Eh! mon Dieu! si je sais cela.

BERTUCCIO.

Je n'ai jamais dit la chose qu'à un moine.

MONTE-CRISTO.

Au père Busoni.

BERTUCCIO.

Eh bien! oui, au père Busoni; mais ce n'est pas le tout: j'ai emporté l'enfant; je l'ai élevé; je comptais en faire mon propre fils.

MONTE-CRISTO.

Quand il s'est sauvé de Rogliano, en emportant la bourse du voisin Vasilio. Oh! c'était un gaillard qui avait des dispositions que ce cher Benedetto .. C'était Benedetto qu'il s'appelait, n'est-ce pas?

BERTUCCIO.

Oh! excellence, épargnez-moi. Non, en vérité, le Seigneur, qui nous jugera tous un jour, vivans ou morts, le Seigneur n'est pas mieux instruit que vous l'êtes. Et vous savez où il est, le malheureux?

MONTE-CRISTO.

Mais n'est-il pas pour trois ans encore aux environs de Toulon, dans un établissement philanthropique où la justice prend la peine de mettre elle-même une chaine à la jambe des gens qui vont trop vite; et, par économie sans doute, pour utiliser l'autre bout de cette chaine, n'y a-t-on pas attaché un de vos amis, un certain Caderousse, qui tenait, sur la route de Nimes à Beaucaire, l'auberge du Pont-du-Gard, auberge dans laquelle, pendant une nuit d'orage, il a assassiné un brave juif auquel il venait de vendre un diamant quarante-cinq mille livres, et cela dans le but d'avoir à la fois les quarante-cinq mille livres et le diamant? Ah! par ma foi! vous avez là de bien belles connaissances, monsieur Bertuccio.

BERTUCCIO.

Oh! pardon, monseigneur, pardon.

MONTE-CRISTO.

Que je vous pardonne; mais c'est fait depuis longtemps. Est-ce que je vous eusse gardé à mon service si vous n'étiez point pardonné?

BERTUCCIO.

Oh! monseigneur.

MONTE-CRISTO.

Et maintenant, retenez bien mes paroles, monsieur Bertuccio. A tous les maux il est deux remèdes, le temps et le silence. Laissez-moi me promener un instant dans ce jardin; ce qui est une émotion poignante pour vous, acteur dans cette terrible scène, sera pour moi une sensation presque douce et qui donnera un double prix à cette propriété. Les arbres, voyez-vous, monsieur Bertuccio, ne plaisent que parce qu'ils font de l'ombre, et l'ombre elle-même ne plait que parce qu'elle est pleine de rêveries et de visions. Voilà que j'ai acheté un jardin croyant acheter un simple enclos fermé de murs, et tout à coup cet enclos se trouve être un jardin tout plein de fantômes qui ne sont point portés sur le contrat. Or, j'aime les fantômes, moi, car je n'ai jamais entendu dire que les morts eussent fait, en six mille ans autant de mal que les vivans en font en un jour. Rentrez donc, monsieur Bertuccio, et dormez en paix. Allez, monsieur Bertuccio, allez! (Bertuccio s'incline et sort.)

SCÈNE IV.

MONTE-CRISTO seul.

Ici, près de ce platane, la fosse où l'enfant fut déposé; là bas, la petite porte par laquelle on entrait dans le jardin; à cet angle, l'escalier dérobé qui conduit à la chambre à coucher. Je ne crois pas avoir besoin d'inscrire tout cela sur mes tablettes, car voilà devant mes yeux, autour de moi, sous mes pieds, le plan vivant.... (On entend un grand bruit.) Qu'est-ce que cela? Il me semble que c'est notre attelage gris-pommelé qui fait des siennes. (On entend un grand bruit de gens qui crient: Arrêtez! arrêtez! des cris de femme, un roulement de voiture, puis quelque chose comme le bruit d'une voiture qui verse.) Courez donc, monsieur Bertuccio! courez donc! Vous voyez bien qu'il se passe quelque chose d'extraordinaire derrière cette porte.

(Bertuccio, qui allait disparaître, court ouvrir la porte.)

BERTUCCIO.

Une femme, un enfant, monsieur le comte.

MONTE-CRISTO.

Ce sont eux, en vérité! Ali est un adroit coquin. (A madame de Villefort, qui entre précipitamment suivie d'Ali, portant dans ses bras Edouard évanoui.) Ne craignez rien, madame, vous êtes sauvée.

SCÈNE V.

LES MÊMES, Mme DE VILLEFORT, EDOUARD.

Mme DE VILLEFORT.

Oh! ce n'est pas pour moi que je crains, monsieur, c'est pour cet enfant.

MONTE-CRISTO.

Oui, madame, je comprends; mais soyez tranquille, il n'est arrivé aucun mal à votre fils, et c'est la peur seule qui l'a mis dans cet état. (A Bertuccio.) Ma boite à flacons, monsieur Bertuccio.

Mme DE VILLEFORT.

Ah! monsieur, ne dites-vous point cela pour me rassurer? Voyez comme il est pâle. Mon enfant, mon fils, mon Edouard, réponds donc à ta mère. Ah! monsieur, un médecin, je vous en prie, un médecin!

MONTE-CRISTO.

C'est inutile, madame; je suis un peu médecin moi-même, et grâce à quelques gouttes de cette liqueur...

(Il prend un flacon dans la boite.)

Mme DE VILLEFORT.

Oh! donnez, donnez, je vous en supplie.

MONTE CRISTO.

Oh! pardon, madame, moi seul connais la dose à laquelle cette liqueur peut être donnée. Voyez, je vous le disais bien, madame, que ce charmant enfant n'était qu'évanoui.

Mme DE VILLEFORT.

Ah! où suis-je, monsieur, et à qui dois-je d'avoir surmonté une pareille épreuve?

MONTE-CRISTO.

Vous êtes, madame, chez un homme bien fier d'avoir pu vous épargner un chagrin, chez le comte de Monte-Cristo.

Mme DE VILLEFORT.

Et moi, monsieur, je suis la femme de M. de Villefort, que vous connaissez peut-être de nom. (Monte-Cristo s'incline.)

BERTUCCIO.

La femme de M. de Villefort! Mon Dieu!

Mme DE VILLEFORT.

Ah! monsieur le comte, que mon mari vous sera reconnaissant, car, enfin, vous lui aurez sauvé son fils.

MONTE-CRISTO.

J'admire cette abnégation maternelle, madame Vous ne pensez pas que le danger était pour vous comme pour cet enfant. Vous l'aimez donc bien?

Mme DE VILLEFORT.

Si je l'aime! Si j'aime mon fils!... Ah! monsieur! que tous les maux de l'humanité viennent me frapper demain, que mon cœur cesse de battre, que tout sur la terre cesse de vivre, mais que mon fils soit épargné! Que, misérable en ce monde, je sois maudite encore dans l'autre, mais que mon fils soit heureux, qu'il vive riche, joyeux, tout-puissant, fût-ce au prix de ma vie terrestre, fût-ce au prix de ma vie éternelle!...

MONTE-CRISTO.

Hélas! madame, je n'ai pas le bonheur de vous avoir rendu directement service, et voilà votre véritable sauveur. (Il montre Ali.)

Mme DE VILLEFORT.

Oh! j'espère que vous me permettrez bien de récompenser le dévoûment de cet homme?

MONTE-CRISTO.

Madame, ne me gâtez point Ali, je vous prie, ni par les louanges ni par les récompenses. Ce sont des habitudes que je ne veux pas qu'il prenne. Ali est mon esclave. En vous sauvant il me sert, et c'est son devoir de me servir.

Mme DE VILLEFORT.

Mais il a risqué sa vie.

MONTE-CRISTO.

J'ai acheté cette vie, madame, et par conséquent elle m'appartient. Un mot de moi suffira : Je suis content de toi, Ali.

Mme DE VILLEFORT.

Edouard, vois tu ce bon serviteur? Il a été bien courageux, car il a exposé sa vie pour arrêter les chevaux qui nous emportaient et la voiture qui allait se briser. Remercie-le donc, mon enfant, car probablement, sans lui, à cette heure, nous serions morts tous deux.

EDOUARD.

Il est trop laid.

MONTE-CRISTO.

Entends-tu, Ali, cet enfant, à qui tu viens de sauver la vie, dit que tu es trop laid pour qu'il te remercie. (A Edouard, qui joue avec les flacons.) Oh! ne touchez pas à cela, mon ami, quelques-unes de ces liqueurs sont dangereuses.

Mme DE VILLEFORT, écartant son fils.

Oh! dangereuses, dites-vous, monsieur?

MONTE-CRISTO.

J'aurais dû dire mortelles.

Mme DE VILLEFORT.

Mais cette liqueur dont vous avez versé une goutte sur ses lèvres n'est point malfaisante?

MONTE-CRISTO.

C'est la plus dangereuse de toutes.

Mme DE VILLEFORT.

Ah!

MONTE-CRISTO.

Voilà pourquoi j'ai si vivement écarté le flacon de sa main.

Mme DE VILLEFORT.

En vérité, monsieur, plus je vous regarde, plus je vous écoute....

MONTE-CRISTO.

Plus il vous semble, n'est-ce pas, madame, que ce n'est point la première fois que nous nous rencontrons?

Mme DE VILLEFORT.

En effet, monsieur, il me semble que cette conversation n'est que la suite d'une autre conversation commencée ailleurs. Mais j'ai beau interroger mes souvenirs... J'ai honte de mon peu de mémoire.

MONTE-CRISTO.

Je vais vous aider... C'était à Pérouse, en Italie, dans le jardin de la poste. Pendant une journée brûlante, vous voyagiez avec mademoiselle Valentine et cet enfant. Édouard courait après un paon.

Mme DE VILLEFORT.

Ah! je m'en souviens.

MONTE-CRISTO.

L'enfant courait après un beau paon. Vous, vous étiez à demi couchée sous une treille en berceau. Mademoiselle Valentine s'éloigna dans les profondeurs du jardin... Votre fils disparut, courant après l'oiseau.

ÉDOUARD.

Oui, et je l'ai attrapé, et je lui ai arraché trois plumes de la queue.

MONTE-CRISTO.

Vous, madame, vous demeurâtes sous le berceau de vigne.

Mme DE VILLEFORT.

C'est vrai! c'est vrai!

MONTE-CRISTO.

Ne vous souvient-il donc plus d'avoir causé assez longuement avec quelqu'un?

Mme DE VILLEFORT.

Oui, vraiment! avec un homme enveloppé d'un long manteau de laine... un médecin, je crois.

MONTE-CRISTO.

Justement, madame.... Cet homme, c'était moi. Depuis quinze jours j'habitais dans cette hôtellerie. J'avais guéri mon valet de chambre de la fièvre, de sorte que l'on me regardait comme un grand docteur. Nous causâmes longtemps de choses différentes, de choses d'art; puis de l'art, nous passâmes à la science, à la chimie. Vous étes chimiste, madame, et même chimiste fort savante pour une femme. Je me rappelle que vous faisiez des recherches sur cette fameuse Aqua-Tofana qu'on prétend être le poison des Borgia, et dont quelques personnes, vous avait-on dit, conservaient le secret à Pérouse.

Mme DE VILLEFORT.

Oui, et j'avais cherché vainement!

MONTE-CRISTO.

Lorsque vous m'interrogeâtes à mon tour, j'eus le bonheur, je me le rappelle, de vous donner, au sujet de la composition de ce poison terrible, tous les renseignemens que vous me demandiez.

Mme DE VILLEFORT.

Oui, vous avez raison, je crois.

MONTE-CRISTO.

Oh! cette circonstance, vous devez vous la rappeler; vous prîtes la recette sur un petit carnet d'écaille, orné d'un chiffre en or, d'un H et d'un V, Hermine de Villefort, n'est-ce point cela?

Mme DE VILLEFORT.

Vous avez bonne mémoire, monsieur; eh bien! oui, c'est vrai. Les principales études de ma jeunesse ont été la botanique et la chimie; et, bien souvent, j'ai regretté, je l'avoue, de n'être pas un homme pour devenir un Flammel, un Fontana ou un Cabanis.

MONTE-CRISTO.

D'autant plus, madame, que certains peuples, les Orientaux par exemple, se font du poison un bouclier ou un poignard, Mithridate....

ÉDOUARD.

Mithridates, rex ponticus, celui qui déjeûnait tous les matins avec une tasse de poison à la crême.

Mme DE VILLEFORT.

Édouard, taisez-vous, méchant enfant!

MONTE-CRISTO.

Mais c'est son *Cornelius* que récite M. Edouard, et cette citation prouve que son précepteur n'a pas perdu son temps avec lui.

ÉDOUARD.

Maman, allons-nous-en, maman, je m'ennuie.

MONTE-CRISTO.

Voici un charmant enfant, madame, qui me priverait trop tôt du bonheur de vous voir si je n'avais l'espoir que vous me permettrez de me présenter chez vous pour prendre de vos nouvelles.

Mme DE VILLEFORT.

Comment donc, monsieur? mais c'est moi qui vous en prie, et si cela ne suffit pas, M. de Villefort viendra vous en prier lui-même.

MONTE-CRISTO.

S'il m'accordait cet honneur, madame, comme je ne veux pas lui faire faire le voyage d'Auteuil, il me trouverait dans ma maison de Paris, rue des Champs-Elysées, n° 30.

Mme DE VILLEFORT.

Monsieur, ma calèche est brisée, et, vraiment je n'ose...

MONTE-CRISTO.

Madame, on a dû, d'après mon ordre, atteler vos chevaux à ma voiture, et Ali, ce garçon si laid, va vous reconduire chez vous, tandis que votre cocher restera ici pour faire raccommoder la calèche.

Mme DE VILLEFORT.

Oh! mais avec les mêmes chevaux, je n'oserai jamais m'en aller.

MONTE-CRISTO.

Vous allez voir que, sous la main d'Ali, ils vont devenir doux comme des agneaux (Ouvrant la grille.) Tenez...

Mme DE VILLEFORT.

Puisque vous me répondez de tout, je me hasarde.

SCÈNE VI.

MONTE CRISTO, puis BERTUCCIO.

MONTE CRISTO.

Allons! allons! voilà une bonne terre, et le grain qu'on y laisse tomber n'y avortera pas. — M. Bertuccio!

BERTUCCIO.

Excellence!

MONTE-CRISTO.

J'attendais deux étrangers. Sont-ils arrivés?

BERTUCCIO.

Oui, excellence!

MONTE-CRISTO.

Les avez vous vus?

BERTUCCIO.

Non, excellence.. C'est Baptistin qui les a reçus.

MONTE-CRISTO.

Il les a fait entrer dans deux endroits séparés, comme j'en avais donné l'ordre?

BERTUCCIO.

Oui, excellence, ils attendent depuis une demi-heure.

MONTE-CRISTO.

Faites d'abord entrer le major Thimothéo Cavalcanti. A tout seigneur tout honneur!

UN LAQUAIS, annonçant.

Le major Cavalcanti.

SCÈNE VII.

MONTE-CRISTO, LE MAJOR.

MONTE-CRISTO.

Je vous attendais, monsieur le major.

LE MAJOR.

Vraiment, votre excellence m'attendait?

MONTE-CRISTO.

N'êtes-vous pas, monsieur le marquis Thimothéo Cavalcanti?

LE MAJOR.

Thimothéo Cavalcanti, c'est bien cela.

MONTE-CRISTO.

Major au service de l'Autriche?

LE MAJOR.

Est-ce major ou sergent?

MONTE-CRISTO.

Major, marquis, major!

LE MAJOR.

Major soit, monsieur le comte, je suis trop poli pour vous démentir.

MONTE-CRISTO.

D'ailleurs, vous ne venez pas ici de votre propre mouvement, n'est-ce pas?

LE MAJOR.

Oh! non, de mon propre mouvement, je n'aurais jamais osé.

MONTE-CRISTO.

Vous m'êtes adressé par cet excellent père Busoni.

LE MAJOR.

Du moins la lettre que j'ai reçue est signée de ce nom, voyez!

MONTE-CRISTO.

C'est bien cela. « Le major Cavalcanti...

LE MAJOR.

Sergent.

MONTE-CRISTO.

» Patricien de Lucques, descendant des » Cavalcanti, de Florence...

LE MAJOR.

Eh! eh!

MONTE-CRISTO.

Vous êtes bien leur descendant?

LE MAJOR.

Un peu descendu, c'est vrai.

MONTE-CRISTO.

» Et jouissant d'une fortune de trois à qua- » tre millions...

LE MAJOR.

Y a-t-il trois ou quatre millions?

MONTE-CRISTO.

Dam! c'est écrit en toutes lettres.

LE MAJOR.

Va pour quatre millions.

MONTE-CRISTO.

Vous ne croyiez pas être si riche?

LE MAJOR.

Ma parole d'honneur, non!

MONTE-CRISTO.

C'est que votre intendant vous vole.

LE MAJOR.

Vous venez de m'éclairer, mon cher monsieur, je mettrai le drôle à la porte. Continuez, je vous prie.

MONTE-CRISTO.

» Et auquel il ne manquait qu'une chose » pour être heureux...

LE MAJOR.

Oh! mon Dieu, oui, qu'une seule.

MONTE-CRISTO.

» De retrouver un fils adoré...

LE MAJOR, soupirant.

Heu!

MONTE-CRISTO.

» Enlevé dès son enfance, soit par les Bo-
» hémiens, soit par un ennemi de sa noble
» famille. Pauvre père !...

LE MAJOR.

Heu!

MONTE-CRISTO.

» Mais je lui rends l'espoir et la vie en lui an-
» nonçant, monsieur le comte, que pouvez lui
» faire retrouver ce fils qu'il cherche en vain
» depuis quinze ans...

LE MAJOR.

Heu ! le pouvez-vous, monsieur.

MONTE-CRISTO.

Je le puis.

LE MAJOR.

Mais cette lettre était donc vraie ?

MONTE-CRISTO.

Jusqu'au bout.

LE MAJOR.

Post-scriptum compris?

MONTE-CRISTO.

Ah! il y a un post-scriptum?

LE MAJOR.

Une misère !

MONTE-CRISTO.

» Pour ne pas causer au major Cavalcanti
» l'embarras de déplacer des fonds de chez son
» banquier, je lui envoie une somme de deux
» mille francs pour ses frais de voyage, et le
» crédite sur vous d'une autre somme de qua-
» rante-huit mille francs. » — Très bien !

LE MAJOR, à part.

Il a dit : Très bien ! (Haut.) Ainsi le post-scriptum ?

MONTE-CRISTO.

Le post-scriptum ?

LE MAJOR.

Est accueilli aussi favorablement que le reste ?

MONTE-CRISTO.

Sans doute.

LE MAJOR.

De sorte que vous me remettrez ces quarante-huit mille francs?

MONTE-CRISTO.

A votre première réquisition. Mais que fais-je donc, je vous tiens debout depuis un quart-d'heure.

LE MAJOR.

Ne faites pas attention et du moment où le post-scriptum...

MONTE-CRISTO.

Maintenant voulez-vous prendre quelque chose, un verre de Porto, de Mancenilla ou d'Alicante ?

LE MAJOR.

D'Alicante, c'est mon vin de prédilection.

MONTE-CRISTO.

J'en ai là d'excellent. N'est-ce pas avec un biscuit ?

LE MAJOR.

Avec un biscuit, puisque vous m'y forcez. (Monte-Cristo frappe deux coups sur le timbre. Baptistin paraît.)

MONTE-CRISTO, au laquais.

Bertuccio n'est-il point là?

BERTUCCIO.

Me voilà, excellence.

MONTE-CRISTO.

Un verre de vin d'Alicante et des biscuits au major. (Allant à Baptistin et tandis que Bertuccio va vers le major.) Vous m'avez fait entrer M. Andréa dans ce pavillon ?

LE LAQUAIS.

Oui, excellence !

MONTE-CRISTO.

Bien, allez ! (Au major.) Ainsi vous habitiez Lucques; vous étiez riche; vous jouissiez de la considération générale?

LE MAJOR.

Je jouissais de la considération générale.

MONTE-CRISTO.

Enfin, vous aviez tout ce qui peut rendre un homme heureux, il ne manquait qu'une chose à votre bonheur, c'était de retrouver votre enfant.

LE MAJOR.

Oui, il ne manquait que cette chose, mais elle me manquait bien.

MONTE-CRISTO.

Buvez donc, cher monsieur Cavalcanti, l'émotion vous étouffe. A propos, vous apportez tous vos papiers bien en règle?

LE MAJOR.

Quels papiers ?

MONTE-CRISTO.

Mais votre acte de mariage avec sa mère!

LE MAJOR.

Oui, avec sa mère!

MONTE-CRISTO.

Plus l'acte de naissance de l'enfant?

LE MAJOR.

L'acte de naissance de l'enfant?

MONTE-CRISTO.

Sans doute, de votre fils, d'Andréa Cavalcanti. Ne se nommait-il pas Andréa ?

LE MAJOR.

Je crois que oui.

MONTE-CRISTO.

Comment, vous croyez!

LE MAJOR.

Dam! il y a si longtemps qu'il est perdu.

MONTE-CRISTO.

C'est vrai! enfin, vous avez tous ces papiers?

LE MAJOR.

Monsieur le comte, c'est avec regret que je vous annonce que, n'étant pas prévenu de me munir de toutes ces pièces, j'ai négligé de les apporter avec moi.

MONTE-CRISTO.

Ah! diable.

LE MAJOR.

Étaient-elles donc tout-à-fait nécessaires?

MONTE-CRISTO.

Indispensables. Vous comprenez! si on allait élever ici quelques doutes sur la validité de votre mariage, sur la légitimité de votre enfant.

LE MAJOR.

C'est juste On pourrait élever des doutes.

MONTE-CRISTO.

Oh! ce serait fâcheux pour le jeune homme.

LE MAJOR.

Ce serait fatal!

MONTE-CRISTO.

Cela pourrait lui faire manquer un magnifique mariage que j'avais rêvé pour lui.

LE MAJOR.

Un mariage?

MONTE-CRISTO.

Avec la fille d'un banquier.

LE MAJOR.

Riche?

MONTE-CRISTO.

Millionnaire!

LE MAJOR.

Oh! peccato!

MONTE-CRISTO.

Ainsi vous n'avez pas ces papiers?

LE MAJOR.

Hélas, non!

MONTE-CRISTO.

Heureusement je les ai, moi.

LE MAJOR.

Vous?

MONTE-CRISTO.

Oui.

LE MAJOR.

Ah! par exemple, voilà un bonheur.

MONTE-CRISTO.

Tenez.

LE MAJOR, prenant les papiers.

Tout est en règle, par ma foi.

MONTE-CRISTO.

Eh bien! maintenant que tout est en règle, que vos souvenirs remis à neuf ne vous trahiront point, vous avez deviné sans doute que je veux vous ménager une surprise.

LE MAJOR.

Agréable?

MONTE-CRISTO.

Ah! le cœur d'un père ne se trompe pas.

LE MAJOR.

Hein!

MONTE-CRISTO.

Vous avez deviné qu'il était ici

LE MAJOR.

Qui?

MONTE-CRISTO.

Votre enfant, votre fils, votre Andréa.

LE MAJOR.

Je l'ai deviné.

MONTE-CRISTO.

Je comprends toute votre émotion. Il vous faut donner le temps de vous remettre; je veux aussi préparer le jeune homme à cette entrevue tant désirée. Rentrez dans la chambre, je ne vous demande que cinq minutes.

LE MAJOR.

Alors vous me l'amènerez? Vous pousserez la bonté jusqu'à me l'amener vous-même?

MONTE-CRISTO.

Non! je ne veux pas me placer entre un père et son fils, vous serez seul, monsieur le major.

LE MAJOR.

A propos, vous saurez que je n'ai emporté avec moi que les deux mille francs que le père Busoni m'a fait toucher à Livourne. Là-dessus j'ai fait le voyage, et...

MONTE-CRISTO.

Et vous avez besoin d'argent?

LE MAJOR.

Oui.

MONTE-CRISTO.

C'est trop juste, cher monsieur Cavalcanti, et voilà, pour faireun compte, huit billets de mille francs chacun.

LE MAJOR.

Huit!

MONTE-CRISTO.

C'est quarante mille francs que je vous redois.

LE MAJOR.

Votre excellence veut-elle un reçu?

MONTE-CRISTO.

Vous me donnerez un reçu général en allant toucher les quarante mille francs chez mon banquier, M. Danglars.

LE MAJOR.

Est-ce que ce banquier serait le père de la jeune personne?

MONTE-CRISTO.

Allons! je vois qu'il ne faut pas vous répéter deux fois la même chose, mon cher monsieur Cavalcanti; maintenant, me permettrez-vous une petite observation ?

LE MAJOR.

Comment donc, mais je la sollicite.

MONTE-CRISTO.

Il n'y aurait pas de mal à ce que vous quittassiez votre polonaise.

LE MAJOR.

Vraiment !

MONTE-CRISTO.

Oui, cela se porte encore à Lucques, mais à Paris...

LE MAJOR.

Ah ! c'est dommage !

MONTE-CRISTO.

Si vous y tenez absolument vous la reprendrez en quittant la France.

LE MAJOR.

Mais en attendant, que mettrai-je, moi ?

MONTE-CRISTO.

Ce que vous trouverez dans vos malles.

LE MAJOR.

Comment dans mes malles, mais je n'a qu'un porte-manteau.

MONTE-CRISTO.

Parce que vous avez envoyé vos malles en avant, mais soyez tranquille, vos malles sont arrivées à l'hôtel des Princes, rue Richelieu, c'est là que vous logez.

LE MAJOR.

Très bien.

MONTE-CRISTO.

Et maintenant, cher monsieur Cavalcanti, passez dans cette chambre, et affermissez votre cœur contre les sensations trop vives qui vous attendent en achevant ces biscuits et en finissant cette bouteille. Monsieur Bertuccio, portez ces biscuits et cette bouteille dans la chambre de M. le major. (Le major sort.)

SCÈNE VIII.

MONTE-CRISTO, BERTUCCIO.

(Monte-Cristo va pour ouvrir la porte du pavillon où est Andréa, Bertuccio revient vivement et l'arrête.)

BERTUCCIO.

Excellence !

MONTE-CRISTO.

Eh bien ! quoi ?

BERTUCCIO.

On vous trompe.

MONTE-CRISTO.

Comment ! on me trompe.

BERTUCCIO.

Oui, cet homme.

MONTE-CRISTO.

Cet homme qui vient d'entrer là ? Eh bien !

BERTUCCIO.

Eh bien ! il n'est pas marquis, il n'est pas major, il n'est pas noble. C'est un misérable que j'ai vu croupier aux eaux de Lucques.

MONTE-CRISTO.

Eh bien ! moi aussi, après ?

BERTUCCIO.

Comment ! son excellence sait...

MONTE-CRISTO.

Son excellence sait ce qu'elle fait, monsieur Bertuccio, et n'a de compte à rendre à personne.

BERTUCCIO.

Excusez, excellence.

MONTE-CRISTO.

Allez ! allez, monsieur. (Bertuccio sort.) Ce pauvre Bertuccio ! (Il ouvre la porte.)

SCÈNE IX.

MONTE-CRISTO, ANDRÉA.

MONTE-CRISTO.

Venez, monsieur.

ANDRÉA.

J'ai l'honneur de parler, je crois, à M. le comte de Monte-Cristo ?

MONTE-CRISTO.

Et moi, à M. le comte Andréa Cavalcanti

ANDRÉA.

Oui, monsieur.

MONTE-CRISTO.

En ce cas, vous devez avoir une lettre qui vous accrédite près de moi.

ANDRÉA.

De la maison Tomson et French, de Rome.

MONTE-CRISTO.

Très bien, maintenant, monsieur le comte, aurez-vous la bonté de me donner quelques renseignemens sur votre famille.

ANDRÉA.

Très volontiers, monsieur. Je suis le comte Andréa Cavalcanti, descendant des Cavalcanti inscrits au livre d'or de Florence. Notre famille, très riche encore, puisque mon père possède deux cent mille livres de rente, a éprouvé bien des malheurs, et moi-même, monsieur, depuis l'âge de cinq ans, j'ai été enlevé, livré et vendu aux ennemis de ma famille par un gouverneur infidèle, de sorte que, depuis quinze ans, je n'ai pas revu l'auteur de mes jours. Enfin, je désespérais de le revoir jamais, lorsque je reçus cette lettre du mandataire de la maison Tomson et French de Rome, qui me facilitait les moyens de venir à Paris, et qui m'autorisait à m'adresser à vous pour avoir des nouvelles de ma noble famille.

MONTE-CRISTO, à part.

Allons! il sait admirablement sa leçon. (Haut.) En vérité, monsieur, ce que vous me racontez là est on ne peut plus intéressant, et vous avez bien fait de vous rendre à l'invitation de la maison Tomson et French, car M. votre père est en effet ici et vous cherche.

ANDRÉA, vivement.

Mon père! mon père ici... Bertuccio.

MONTE-CRISTO.

Oui, votre père, le major Thimothéo Cavalcanti.

ANDRÉA.

Ah! c'est vrai! et vous dites qu'il est ici, ce cher père?

MONTE CRISTO.

Oui, monsieur. Vous étiez dans le midi de la France quand vous avez reçu cette lettre qui vous accréditait près de moi?

ANDRÉA.

Dans le midi de la France, oui, sur les bords de la Méditerranée.

MONTE-CRISTO.

Entre Marseille et Hyères.

ANDRÉA.

C'est bien cela, monsieur.

MONTE-CRISTO.

Une voiture devait vous attendre à Nice?

ANDRÉA.

Et elle m'a conduit de Nice à Gênes, de Gênes à Turin, de Turin à Chambéry, de Chambéry à Lyon et de Lyon à Paris. Ce n'était pas le chemin le plus court.

MONTE-CRISTO.

Non! mais c'était peut-être le plus sûr.

ANDRÉA.

C'est possible. Eh bien! me voilà, monsieur.

MONTE-CRISTO.

Et comme vous voyez, vous êtes le bienvenu. Une seule chose inquiète cependant le major Cavalcanti.

ANDRÉA.

Laquelle?

MONTE-CRISTO.

Dam! c'est délicat à dire.

ANDRÉA.

Oh! dites.

MONTE-CRISTO.

Vous êtes resté longtemps dans une position fâcheuse. J'ignore laquelle. Je connais la philanthropie de celui qui vous en a tiré, et je ne lui ai fait aucune question. Je ne suis pas curieux.

ANDRÉA.

Ah!

MONTE-CRISTO.

Eh bien! votre père désirerait savoir si vous vous croyez vous-même en état de soutenir dignement dans le monde le nom qui vous appartient.

ANDRÉA.

Voilà tout ce qu'il veut savoir!

MONTE-CRISTO.

Oh! mon Dieu oui, et si vous me dites vous-même que le monde dans lequel vous allez entrer n'a rien qui vous effraie...

ANDRÉA.

Rien, monsieur... D'ailleurs, s'il y avait en moi quelque défaut d'éducation, on aurait, je suppose, l'indulgence de m'excuser en considération des malheurs qui ont accompagné ma naissance et poursuivi ma jeunesse.

MONTE-CRISTO.

Et puis, vous le savez, comte, une grande fortune fait passer sur bien des choses.

ANDRÉA.

Le major Cavalcanti est donc réellement riche?

MONTE-CRISTO.

Millionnaire, mon cher monsieur.

ANDRÉA

Alors, je vais me trouver dans une position agréable?

MONTE-CRISTO.

Des plus agréables. Il vous fait cinquante mille francs de rentes pendant tout le temps que vous resterez à Paris.

ANDRÉA.

Mais j'y resterai toujours en ce cas.

MONTE-CRISTO.

Eh! qui peut répondre des circonstances. L'homme propose et Dieu dispose.

ANDRÉA.

Hélas! c'est bien vrai.

MONTE-CRISTO.

Maintenant, comte, êtes-vous préparé?

ANDRÉA.

A quoi?

MONTE-CRISTO.

A embrasser ce digne major.

ANDRÉA.

En doutez-vous, monsieur?

MONTE-CRISTO.

En ce cas (Il ouvre la porte.) venez, major, venez!

ANDRÉA.

Vous vous retirez?

MONTE-CRISTO.

Par discrétion.

(Monte-Cristo sort.—Le major entre.)

SCÈNE X.

LE MAJOR, ANDRÉA.

ANDRÉA.

Ah! monsieur et cher père, est-ce bien vous?

LE MAJOR.

Bonjour, monsieur et cher fils.

ANDRÉA.

Ne nous embrassons-nous point?

LE MAJOR.

Comme vous voudrez!

ANDRÉA.

Alors, embrassons-nous; cela ne peut pas faire de mal. Ainsi donc nous voilà réunis.

LE MAJOR.

Nous voilà réunis.

ANDRÉA.

Et vous m'apportez les papiers à l'aide desquels il me sera possible de constater le sang d'où je sors?

LE MAJOR.

J'ai fait trois cents lieues dans ce seul but.

ANDRÉA.

Et ces papiers?

LE MAJOR.

Les voilà.

ANDRÉA, regardant les papiers.

Ah! ça, mais il n'y a donc pas de galères en Italie?

LE MAJOR.

Et pourquoi cela?

ANDRÉA.

Qu'on y fabrique impunément de pareilles pièces. Pour la moitié, très cher père, en France on vous enverrait prendre l'air à Toulon pendant cinq ans.

LE MAJOR, majestueusement.

Plait-il, jeune homme?

ANDRÉA.

Mon cher monsieur Cavalcanti, combien vous donne-t-on par an pour être mon père? Chut! Je vais vous donner l'exemple de la confiance. A moi on me donne cinquante mille francs par an pour être votre fils. Eh! soyez donc tranquille, nous sommes seuls.

LE MAJOR.

Eh bien! à moi, on me donne cinquante mille francs pour être votre père.

ANDRÉA.

Une fois donnés?

LE MAJOR.

Une fois donnés.

ANDRÉA.

Ce n'est pas payé.

LE MAJOR.

N'importe! Je trouve cela fort joli.

ANDRÉA.

Monsieur le major, croyez-vous aux contes de fées?

LE MAJOR.

Autrefois, je n'y croyais pas. Mais aujourd'hui, il faut bien que j'y croie.

ANDRÉA.

Avez-vous des preuves?

LE MAJOR, tirant ses billets.

Palpables.

ANDRÉA.

Des billets carrés?

LE MAJOR.

Un à-compte.

ANDRÉA.

Et ils ne sont pas comme vos papiers?

LE MAJOR.

Jeune homme

ANDRÉA.

Alors, vous arrivez de Lucques?

LE MAJOR.

Et vous de...

ANDRÉA.

Et moi de... Je ne veux pas vous le dire.

LE MAJOR.

Pourquoi cela?

ANDRÉA.

Parce qu'alors vous seriez aussi savant que moi, ce qui est inutile.

LE MAJOR.

Et qui vous a donné avis de revenir?

ANDRÉA.

Une lettre.

LE MAJOR.

C'est comme moi.

ANDRÉA.

Faites voir votre lettre.

LE MAJOR.

A la condition que vous me ferez voir la vôtre.

ANDRÉA, tirant sa lettre.

Donnant! donnant! (Chacun passe sa lettre à l'autre.)

ANDRÉA, lisant.

« Vous êtes pauvre, une vieillesse malheu-
» reuse vous attend. Voulez-vous devenir,
» sinon riche, du moins indépendant? Partez
» pour Paris à l'instant même, et allez récla-
» mer à M. le comte de Monte-Cristo, à Au-
» teuil, rue de la Fontaine, n. 28, un fils que
» vous devez avoir eu de la marquise Oliva
» Corsinari. Le fils qui vous a été enlevé à
» l'âge de cinq ans se nomme Andréa Caval-
» canti. Pour que vous ne révoquiez pas en
» doute l'intention qu'a le soussigné de vous
» être agréable, vous trouverez ci-joint : 1o
» un bon de deux mille quatre cents livres
» toscanes, payable chez M. Gozzi, banquier
» à Livourne; 2o une lettre d'introduction
» pour M. le comte de Monte-Cristo, laquelle

vous crédite sur lui de la somme de quarante-huit mille francs de France.

» Soyez chez le comte le 26 juillet, à une heure de l'après midi.

» Le père Busoni. »

LE MAJOR.

A mon tour, vous permettez ?

ANDRÉA.

Comment, donc !

LE MAJOR, lisant.

« Vous êtes pauvre, vous n'avez qu'un avenir » misérable. Voulez-vous avoir un nom, être libre et riche ? Prenez la chaise de poste que » vous trouverez tout attelée en sortant de » Nice par la porte de Gênes. Passez par Turin, Chambéry, Lyon. Ne vous arrêtez point » à Paris et faites-vous conduire tout droit à » Auteuil, rue de la Fontaine, 28, chez M. le » comte de Monte-Cristo, le 26 juillet, à une » heure de l'après-midi, et demandez-lui votre père. Vous êtes le fils du major Thimothée Cavalcanti et de la marquise Oliva Torsinari, ainsi que le constatent les papiers » qui vous seront remis par le major lui-même, et qui vous permettront de vous présenter dans le monde. Quant à votre rang, » un revenu de cinquante mille francs vous » mettra à même de le soutenir. Ci-joint un » bon de deux mille francs sur M. Torréa, » banquier, à Nice, et une lettre de recommandation pour le comte de Monte-Cristo, » chargé de subvenir à vos besoins.

» Yorick, mandataire de la maison Tompson et French. »

LE MAJOR.

C'est fort beau.

ANDRÉA.

N'est-ce pas ?

LE MAJOR.

Y comprenez-vous quelque chose?

ANDRÉA.

Ma foi non !

LE MAJOR.

Seulement il y a une dupe dans tout cela.

ANDRÉA.

Ce n'est ni vous ni moi.

LE MAJOR.

Non.

ANDRÉA.

Eh bien ! alors, allons jusqu'au bout et jouons serré.

LE MAJOR.

Soit, vous verrez que je suis digne de faire votre partie.

ANDRÉA.

Je n'en ai jamais douté, mon très cher père.

LE MAJOR.

Vous me faites honneur, mon très cher fils.

SCÈNE XI.

LES MÊMES, MONTE-CRISTO.

ANDRÉA.

Chut ! (Ils se regardent et se jettent dans les bras l'un de l'autre.) Ah !

MONTE-CRISTO.

Eh bien ! monsieur le major, il paraît que vous avez retrouvé un fils selon votre cœur ?

LE MAJOR.

Ah! monsieur le comte, je suffoque de joie !

MONTE-CRISTO.

Et vous, jeune homme ?

LE MAJOR, ANDRÉA.

Ah! monsieur le comte, j'étouffe de bonheur.

MONTE-CRISTO.

Heureux père ! heureux enfant ! Et maintenant, voyons, jeune homme, confessez-vous.

ANDRÉA.

Que je me confesse ? A qui ?

MONTE-CRISTO.

Mais à votre père. Dites-lui l'état de vos finances.

ANDRÉA.

Ah ! monsieur, vous touchez là la corde sensible.

MONTE-CRISTO.

Entendez-vous, major?

LE MAJOR.

Sans doute, que je l'entends.

MONTE-CRISTO

Eh bien?

LE MAJOR.

Que voulez-vous que j'y fasse ?

MONTE-CRISTO.

Que vous lui donniez de l'argent, pardieu !

LE MAJOR.

Moi !

MONTE-CRISTO.

Oui, vous. (Il passe entre eux deux.) Tenez, comte. (Il donne les billets à Andréa.)

ANDRÉA.

Qu'est-ce que cela?

MONTE-CRISTO.

La réponse de votre père. Il me charge de vous remettre cela.

ANDRÉA.

Ah ! cher père !

MONTE-CRISTO.

Silence ! Vous voyez bien qu'il ne veut pas que vous sachiez que la chose vient de lui.

ANDRÉA.

J'apprécie cette délicatesse.

MONTE-CRISTO.

C'est bien. Allez, maintenant.

ANDRÉA.

Et quand aurons-nous l'honneur de vous revoir?

LE MAJOR.

Ah! oui, et quand aurons-nous cet bonheur?

MONTE-CRISTO.

Ah! d'aujourd'hui en huit jours, si vous voulez. D'aujourd'hui en huit, je donne à dîner, ici, à M. Danglars, un banquier....

LE MAJOR.

Un banquier! Ah! diable!

MONTE-CRISTO.

A M. de Villefort, un magistrat illustre.

ANDRÉA.

Un magistrat! Diable!

LE MAJOR.

Alors, grande tenue?

MONTE-CRISTO.

Grande tenue... uniforme, brochette, culottes courtes.

ANDRÉA.

Et moi?

MONTE-CRISTO.

Oh! vous, très simplement; pantalon noir, bottes vernies, gilet blanc, habit noir. Moins vous afficherez de prétention dans votre mise, étant riche comme vous l'êtes, mieux cela vaudra. Si vous achetez des chevaux, prenez-les chez Devedeux; si vous achetez une voiture, prenez-la chez Baptistin. Pas trop de diamans; un solitaire de deux à trois mille francs au petit doigt, c'est tout ce que je vous permets.

ANDRÉA.

C'est bien, monsieur le comte. Et à quelle heure pourrons-nous nous présenter?

MONTE-CRISTO.

Mais à six heures et demie.

LE MAJOR.

C'est bien; on y sera, monsieur le comte. Venez, mon cher fils.

ANDRÉA.

Venez, mon cher père.

(Ils sortent en se tenant sous le bras.)

SCÈNE XII.

MONTE-CRISTO, les regardant s'éloigner.

Voilà, en vérité, deux bien grands misérables. C'est bien malheureux que ce ne soit pas le père et le fils.

SCÈNE XIII.

MONTE-CRISTO, BERTUCCIO.

BERTUCCIO, se précipitant.

Monsieur le comte! Monsieur le comte!

MONTE-CRISTO.

Eh bien! que diable avez-vous encore, monsieur Bertuccio?

BERTUCCIO.

Monsieur le comte, ce jeune homme...

MONTE-CRISTO.

Eh bien?

BERTUCCIO.

Ce jeune homme, que vous croyez s'appeler Andréa Cavalcanti..

MONTE-CRISTO.

Après?

BERTUCCIO.

Que vous croyez être le fils du major...

MONTE-CRISTO.

Après?

BERTUCCIO.

Que vous croyez arrivé d'Italie....

MONTE-CRISTO.

Après?

BERTUCCIO.

C'est Benedetto, mon fils, ou plutôt le fils de M. de Villefort, et qui s'est sauvé du bagne.

MONTE-CRISTO.

Où il était attaché à la même chaîne que votre ami Caderousse. C'est possible.

BERTUCCIO.

Comment?

MONTE-CRISTO.

Mon cher monsieur Bertuccio, vous avez une mauvaise habitude, c'est de reconnaître les gens qui veulent rester inconnus.

BERTUCCIO.

Mon Dieu!

MONTE-CRISTO.

Tenez, voilà un mendiant qui se présente à la grille pour demander l'aumône. Eh bien! je ne serais pas étonné que ce fût encore quelqu'un de votre connaissance.

(La porte s'ouvre, un mendiant paraît.)

SCÈNE XIV.

LES MÊMES, LE MENDIANT.

LE MENDIANT.

Rue de la Fontaine, 28, un savoyard m'a dit qu'il y avait là un bon seigneur, bien généreux. (Apercevant Monte-Cristo.) Ah! mon bon seigneur, la charité s'il vous plaît?

MONTE-CRISTO.

Tenez, monsieur Bertuccio. Voici un louis, portez-le à ce pauvre diable.... Qui donne aux pauvres prête à Dieu, a dit un grand poète.

BERTUCCIO, allant au mendiant.

Tenez, mon ami.... (Le regardant.) Caderousse!

CADEROUSSE.

Bertuccio!... Ah! (Il se sauve.)

BERTUCCIO, chancelant.

Ah! j'en deviendrai fou!

ACTE DEUXIÈME.

TROISIÈME TABLEAU.

Un Jardin chez M. de Villefort. — A droite, un mur avec une brèche. — Au deuxième plan, au milieu du théâtre, un bosquet à jour.

SCÈNE I.

MORREL, sur la brèche, VALENTINE, près de lui.

MORREL.

Ne craignez rien, Valentine, d'ici je vois jusqu'au fond de l'allée qui conduit à votre maison. S'il venait quelqu'un, je vous avertirais. Ne craignez rien.

VALENTINE.

C'est bien imprudent à moi d'avoir quitté le salon, d'avoir laissé ma grand'mère qui souffre, et qui peut s'étonner de mon absence. Oh! c'est plus qu'imprudent, c'est mal.

MORREL.

Valentine!... ne me reprochez pas les quelques minutes que vous m'accordez.

VALENTINE.

Et vous-même... Si, de l'autre côté, l'on nous voyait.

MORREL.

De l'autre côté?... par là?... Valentine, par là? je suis chez moi.

VALENTINE.

Comment, chez vous?

MORREL.

Depuis ce matin, j'ai loué ce terrain désert. J'y puis faire bâtir, si je veux, une cabane: j'y puis vivre le jour, j'y puis rester la nuit. Je puis, à toute heure, sans cesse, sans crainte, vous guetter, vous attendre, vous voir, vous parler, vous dire que je vous aime... que je vis par vous, pour vous...

VALENTINE.

Est-ce possible!

MORREL.

Quel bonheur... Oh! Valentine! que Dieu est bon!

VALENTINE.

Trop bon, Maximilien!...

MORREL.

Pourquoi vous plaindre de ce que tout conspire à nous rendre les plus heureux du monde, même les malheurs qui vous frappent? N'est-ce pas à l'affreux malheur qui vous a frappée, à la mort de votre grand-père, M. de Saint-Méran, que nous devons notre repos depuis cinq mois... Ces projets de mariage qui ont failli me rendre fou, votre deuil les a interrompus. Depuis trois mois, nous n'avons plus entendu dire que M. Franz d'Epinay fût destiné à devenir l'époux de Valentine. Depuis trois mois, M. d'Epinay est en Italie.

VALENTINE.

Vous voulez donc que je croie au bonheur, Maximilien, vous voulez donc que je revive à l'espérance! Oh! cela est si doux d'aimer, cela est si doux d'espérer, que vous n'aurez pas grand'peine à me convaincre, et à me faire dire avec vous: Dieu est souverainement bon! Béni soit Dieu pour le bonheur qu'il nous donne! Mais ne le tentons pas!... n'abusons pas!... à présent que nous allons être libres, trop libres, gardons-nous d'une sécurité qui nous perdrait.

MORREL.

Oh! vous êtes injuste; fût-il jamais un esclave plus soumis que moi? vous m'avez permis de vous parler, de vous regarder, vous m'avez donné ce mur pour limite. Ce mur, ridicule obstacle pour ma jeunesse et pour ma force, l'ai-je jamais franchi? ai-je jamais touché votre main, effleuré le bas de votre robe? Je ne sais pas, Valentine, si l'on vous aimera jamais plus, je défie que vous soyez respectée davantage.

VALENTINE.

Bon Maximilien!.. tenez, en ce moment, vous ressemblez aux mendians qui se plaignent pour qu'on double l'aumône... Eh bien! quoi donc!

MORREL.

Valentine! il vient quelqu'un dans l'allée.

VALENTINE.

Vite, vite!

MORREL.

J'avais tant de choses à vous dire.

VALENTINE.

C'est Barrois...

MORREL.

Je vais attendre qu'il soit parti...

VALENTINE.

Soit, allez!

MORREL.

Et madame de Villefort avec lui!... (Il part.)

VALENTINE.

Madame de Villefort; que vient-elle faire? me soupçonnerait-elle... que tient-elle à sa main?

BARROIS arrivant le premier.

Mademoiselle! Mademoiselle!

SCÈNE II.

VALENTINE, Mme DE VILLEFORT, BARROIS.

Mme DE VILLEFORT.

Ah! vous voici, mademoiselle, j'étais bien sûre qu'on vous trouverait ici.

VALENTINE.

Je sais que M. de Villefort aime à venir prendre ici son café après le diner... et j'étais venue...

Mme DE VILLEFORT.

C'est vrai. Barrois, débarrassez-vous de ce plateau.

VALENTINE.

Oui, Barrois, disposez les tasses sur cette table. A propos, madame de Saint-Méran, ma grand'mère, a-t-elle tout ce dont elle a besoin?

BARROIS.

Mademoiselle sait que Mme de Saint-Méran ne veut boire que de l'eau de chicorée.

VALENTINE.

Bonne maman descendra-t-elle?

BARROIS.

Elle a dit qu'elle ferait son possible pour cela.

Mme DE VILLEFORT.

C'est bien, Barrois, retournez à la maison, et veillez à ce que madame de Saint-Méran ne manque de rien. (Barrois sort.)

SCÈNE III.

VALENTINE, Mme DE VILLEFORT.

VALENTINE.

Vous avez quelque chose à me dire, madame?

Mme DE VILLEFORT.

Oui, Valentine, une chose assez importante.

VALENTINE.

Ah!

Mme DE VILLEFORT.

Une chose qui intéresse votre avenir; et, comme je suis pour vous une amie... presque une mère, j'ai voulu vous parler la première, et savoir votre pensée.

VALENTINE.

De quoi s'agit-il donc, madame?

Mme DE VILLEFORT.

Lisez.

VALENTINE.

Une lettre de M. d'Epinay.

Mme DE VILLEFORT.

Adressée à votre père, Valentine, et que j'ai voulu vous communiquer avant de la lui rendre à lui-même.

VALENTINE.

Ah! mon Dieu!

Mme DE VILLEFORT.

Eh bien! vous ne lisez pas?

VALENTINE.

Oh! madame, je devine.

Mme DE VILLEFORT.

Votre deuil est expiré... M. d'Epinay réclame l'exécution de vos promesses; il sera demain à Paris.

VALENTINE.

Pauvre Maximilien! nous nous sommes réjouis trop vite!

Mme DE VILLEFORT.

Plait-il?... vous êtes pâle, vous avez des larmes dans les yeux.

VALENTINE.

Moi, madame... mais...

Mme DE VILLEFORT.

Mais... voyons, nous sommes seules... j'ai bien quelques droits à votre confiance. Ma démarche vous le prouve. Ouvrez-moi votre cœur, dites-moi ce que vous pensez...

VALENTINE.

Ce que je pense, madame, c'est que j'ai bien du chagrin.

Mme DE VILLEFORT.

Valentine... vous n'avez pas à vous plaindre de moi, je pense.

VALENTINE.

Je ne dis pas cela, madame.

Mme DE VILLEFORT.

Votre bonne maman vous aime de toute son âme.

VALENTINE.

Bonne maman est bien malade, madame, depuis la mort de mon grand'père.

Mme DE VILLEFORT.

Cette maladie cessera. Il n'y a pas de quoi vous affliger ainsi. Votre douleur a une autre cause.

VALENTINE.

Non...

Mme DE VILLEFORT.

C'est ce mariage, peut-être. Vous savez, Valentine, que l'idée n'est pas venue de moi, mais de votre père. Vous savez qu'il tient à vous établir, et qu'il a choisi lui-même votre futur époux, je n'ai pas influencé M. de Villefort. Vous ne le croyez pas, au moins?

VALENTINE.

Madame... je ne vous accuse pas.

Mme DE VILLEFORT.

Je ne dis pas cela... je ne vous accuse pas... En vérité, Valentine, vous êtes étrange avec moi qui m'empresse d'être toute affectueuse avec vous, c'est de l'injustice.

VALENTINE.

Ah ! madame, je vous en conjure, n'interprétez pas mal mes paroles et surtout ne les redites pas à mon père; il est déjà froid, indifférent pour moi et c'est bien naturel à cause de l'amour qu'il a pour vous.

Mme DE VILLEFORT.

Quoi ! vous supposeriez que M. de Villefort vous ôte l'affection qu'il m'accorde?

VALENTINE.

Non, madame, je ne suppose rien... je disais cela parce que mon père aime si tendrement votre fils Edouard...

Mme DE VILLEFORT.

Mon fils Edouard, mais c'est votre frère, c'est le fils de votre père, faut-il donc qu'il n'aime pas son fils?...

VALENTINE.

Voilà que vous vous fâchez, madame; que j'ai de malheur, je ne puis me faire comprendre. Madame, comprenez-moi, je suis bien à plaindre allez! J'ai eu ma mère qui m'aimait beaucoup, je l'ai perdue : mon grand-père, Saint-Méran est mort. Bonne maman, hélas, j'ai bien peur de ne pas la conserver longtemps; je n'ai plus qu'elle voyez-vous, personne ne m'aimera plus quand elle sera partie, personne. Mon père a tant de devoirs à remplir, il est si grave, si sévère; vous, je ne vous suis rien, vous avez votre fils... Eh bien! est-ce que je ne suis pas seule au monde? est-ce que l'avenir n'est pas bien sombre pour moi ? est-ce que je n'ai pas derrière moi la tombe de ma mère et de mon aïeul, devant moi une autre tombe qui attend? Oh! madame, avouez-le, vous qui tout à l'heure vous appelliez mon amie, quand tout mon bonheur en ce monde est suspendu à cette frêle existence de ma bonne vieille mère, avouez-le, j'ai bien le droit de vous dire que je suis destinée à être malheureuse.

Mme DE VILLEFORT.

Si j'avoue cela, Valentine, vous avouerez aussi que le devoir d'un bon père et d'une bonne mère est de donner un protecteur à une jeune fille qui se dit ainsi abandonnée. Quelle meilleure protection que celle d'un époux ?

VALENTINE.

Oh!...

Mme DE VILLEFORT.

C'est l'avis de votre bonne maman ellemême, l'autre jour encore elle le disait devant vous.

VALENTINE.

Oh!... s'il n'y avait que bonne maman pour me forcer à ce mariage.

Mme DE VILLEFORT.

Vous forcer... on vous force donc?... qui vous force? Est-ce moi?... mais quel intérêt puis-je avoir?... Valentine... soyez donc sincère.

VALENTINE.

Je le suis.

Mme DE VILLEFORT.

Soyez confiante.

VALENTINE.

Confiante!

Mme DE VILLEFORT.

Dites-moi que vous avez de la répugnance pour M. d'Epinay... dites-moi que vous avez d'autres pensées... d'autres sympathies...

VALENTINE.

Madame...

Mme DE VILLEFORT.

Eh bien...

VALENTINE.

Je vous assure... que vous vous trompez.

Mme DE VILLEFORT.

Bien, j'oubliais que vous ne vous appelez pas ma fille et que si vous avez des secrets... vous les gardez pour votre grand'mère.

VALENTINE.

Madame !

Mme DE VILLEFORT.

Adieu, Valentine, pardonnez-moi si j'ai été indiscrète; je retourne porter à mon mari la lettre de M. d'Epinay ; il a reçu notre parole pour le 15 de ce mois; nous sommes aujourd'hui le 5, adieu. (Elle sort.)

SCÈNE IV.

VALENTINE, seule.

Ce mariage, cette haine, que je sens vivace et menaçante sous son éternel sourire... Ah ! bonne grand'mère seras-tu assez forte pour défendre ton enfant contre cette femme... Mais j'oubliais, j'ai encore un protecteur, j'ai encore un ami. (Appelant à la grille.) Maximilien! Maximilien! le malheur est immense, mais il y a là un brave cœur qui m'aidera à en porter la moitié !

SCÈNE V.

MORREL, VALENTINE.

MORREL.

Me voici.

VALENTINE.

Venez, Maximilien, venez!

MORREL.

Près de vous?... là?...

VALENTINE.

Oui.

MORREL, sautant dans le jardin.

Mais c'est donc un jour de joie, un jour d'ivresse, le jour heureux parmi tous les autres !

VALENTINE.

C'est le jour du malheur et du désespoir, Maximilien : c'est un jour si douloureux, si fatal, que la jeune fille peut elle-même vous appeler à ses côtés et vous dire : Venez ! Regardez-moi ! serrez cette main que vous n'avez jamais touchée, dans quelques heures vous ne me verrez plus, dans quelques heures cette main ne sera plus à vous.

MORREL.

Valentine...

VALENTINE.

M. d'Epinay arrive demain, il m'épouse dans dix jours.

MORREL.

Oh !... oh !...

VALENTINE.

Le coup est mortel, n'est-ce pas ? vous voilà comme moi anéanti.

MORREL.

Valentine, écoutez-moi, répondez-moi comme à quelqu'un qui attend de vous la mort ou la vie, que comptez-vous faire ?

VALENTINE.

Moi !

MORREL.

Il y a des gens qui courbent le front sous leur malheur, d'autres qui luttent.

VALENTINE.

Lutter contre la volonté de mon père, contre une parole qu'il a donnée, contre le vœu de ma grand'mère mourante. Ah ! Maximilien !

MORREL.

Je ne suis pas un gentilhomme, moi, mais je suis un bon soldat, fils de braves gens. j'ai de l'avenir dans l'armée. j'ai une belle fortune, pourquoi ne vous demanderai-je pas à votre père ?

VALENTINE.

Parce que vous êtes d'une famille dont mon père abhorre les opinions politiques, parce qu'il veut M. d'Epinay pour gendre, et que ce qu'il veut il le fait. Ah ! Maximilien, si ce moyen de nous réunir eût été possible, c'est moi qui vous l'eusse indiqué. Tout nous sépare, ne luttons pas ! Dieu m'en préserve ! ce serait un sacrilège, affliger mon père, troubler les derniers momens de mon aïeule, jamais ! jamais !

MORREL.

Ainsi vous vous sacrifiez, ainsi vous me sacrifiez moi-même plutôt que de tenter un effort... ce serait un sacrilège que de nous sauver l'un et l'autre... Vous avez peut-être raison, mademoiselle...

VALENTINE.

Mademoiselle... c'est ainsi que vous me parlez ?

MORREL.

Ainsi, entourée d'égoïstes, entourée d'ennemis, seule, vous ne cherchez pas même un appui, un conseil chez celui que vous appeliez votre ami tout-à-l'heure.

VALENTINE.

Un conseil ! un appui, mais lequel ?

MORREL.

Oh ! je vois bien que je parlerais en vain ; mieux vaut que je me taise !

VALENTINE.

Vous me torturez à plaisir, le temps passe, on va venir, il va falloir nous séparer, et vous ne me dites rien ?

MORREL.

Voyons, mon amie ! mon seul amour ! la vie est longue pour le désespoir, elle peut être longue aussi pour le bonheur ; ce que je vais vous dire, Valentine, Dieu l'entend. il sait mon respect, il sait ma religion pour vous, Valentine, ce conseil que vous me demandez le voici : vous ne devez pas épouser M. Frantz d'Epinay, vous devez fuir le malheur qu'on vous prépare, vous avez chez votre père, Valentine, une ennemie mortelle, oh ! j'en suis sûr ! Suivez-moi chez ma sœur qui vous aimera comme une sœur, et sur la mémoire de mon père. Valentine, je vous le jure, avant que mes lèvres aient touché votre front vous serez ma femme...

VALENTINE.

Non.

MORREL.

Nous passerons en Angleterre, en Amérique, nous attendrons que les obstacles se soient aplanis.

VALENTINE.

Non.

MORREL.

Vous refusez !

VALENTINE.

Que diriez-vous si quelqu'un donnait à votre sœur le conseil que vous me donnez ?

MORREL.

Vous avez raison, j'étais un fou, pardonnez-moi. (Il s'éloigne.)

VALENTINE.

Qu'allez-vous faire ?

MORREL.

Vous souhaiter tant de bonheur que vous n'ayez pas même un regret de moi, et étouffer jusqu'au souvenir d'un amour que vous ne partagez pas. Adieu !

VALENTINE.

Je ne l'aime pas !

MORREL.

Adieu!

VALENTINE.

Où allez-vous!... pourquoi me quittez-vous?

MORREL, revenant.

Avez-vous changé de résolution?

VALENTINE.

Vous savez bien que je ne le peux pas!

MORREL.

Adieu! donc.

VALENTINE.

Oh! vous ne partirez pas ainsi. Oh! je lis d'affreux projets dans votre regard.

MORREL.

Ne craignez rien. Je ne m'en prendrai pas à M. d'Épinay, est-il coupable, lui? Non.

VALENTINE.

C'est donc moi qui le suis; c'est donc à moi que vous en voulez?

MORREL.

Celle qu'on aime est sacrée!... on ne s'en prend pas à elle, Valentine.

VALENTINE.

Alors.. C'est à vous...

MORREL.

Sans doute.

VALENTINE.

Maximilien!...

MORREL.

Qu'ai-je fait? j'avais attendu, j'avais espéré; M. d'Épinay pouvait se dédire, il pouvait mourir en voyage. Vous pouviez, s'il revenait, vous résoudre à faire ce que je vous ai proposé. Il revient, vous l'acceptez pour époux...

VALENTINE.

Je l'accepte!... oh!...

MORREL.

Assurément. Eh bien? je n'ai plus rien à faire dans ce monde, moi; rien ne m'y retenait que vous; je vous perds, c'est fini.

VALENTINE.

Vous allez...

MORREL.

Je vais écrire à ma sœur, à mon beau-frère, les deux seuls amis que j'aie; et, demain, quand vous serez fiancée à M. d'Épinay, au coin de quelque bois, sur le revers de quelque fossé, au bord de quelque rivière, aussi vrai que je suis le fils du plus honnête homme de France, je me ferai sauter la cervelle. Adieu! Valentine.

VALENTINE.

Ah!... par pitié, par pitié, vivez!

MORREL.

Non!

VALENTINE.

Je vous en prie! je vous en prie! je vous en prie!

MORREL.

Non!

VALENTINE.

Mon ami! mon ami! mon frère! mon amant! sois courageux! subis la douleur sur la terre, nous serons réunis au Ciel.

MORREL.

Adieu...

VALENTINE.

Mon Dieu! vous le voyez, j'ai fait tout ce que j'ai pu pour garder l'honneur et le respect de mes parens, j'ai résisté, j'ai prié, j'ai imploré à genoux!... Mon Dieu! je vous atteste qu'il a douté de mon courage et de mon amour et que j'ai persisté; mais je ne puis le laisser mourir, n'est-ce pas, mon Dieu! ce serait un crime! Vous voulez bien que je meure de honte, vous ne voulez pas que je meure de mes remords! Je cède; vivez Maximilien, je ne serai pas à M. d'Épinay, je serai à vous, je vous suivrai... à quelle heure, à quel moment? est-ce tout de suite? parlez, ordonnez, me voici, je suis prête.

MORREL.

Oh! si c'est avec ces larmes, avec ce désespoir que vous me dites de vivre, Valentine, si vous m'épargnez par humanité, laissez-moi, laissez moi, j'aime mieux mourir.

VALENTINE.

Au fait. Qui est-ce qui m'aime sur la terre? lui; qui m'a consolée de toutes mes douleurs? lui; sur qui reposent mes seules espérances? sur lui. Oh! tu as raison à ton tour, Maximilien: pour toi, je quitterai la maison paternelle, pour toi, je quitterai ma bonne mère: tout, tout... (pleurant.) ma bonne grand'-mère... Oh! ingrate que je suis!...

(Elle sanglotte.)

MORREL.

Chère! chère Valentine.

VALENTINE.

Ecoute! l'amour m'a persuadée, je ne lutterai plus: mais j'ai toute ma raison, écoute.

MORREL.

Parle! parle!

VALENTINE.

Un dernier effort pour garder notre honneur à tous deux... Ma grand'mère va venir, je vais me jeter à ses pieds, je vais tout lui dire: elle m'aime tant, elle pardonnera, elle me défendra, peut-être! je suis son héritière; elle est riche, et mon père tient beaucoup à ne pas lui déplaire; qui sait? Peut être obtiendra-t-elle pour moi...

MORREL.

Oh! Valentine, si elle refuse, si elle n'obtient rien.

VALENTINE.

Maximilien, dans deux heures, j'aurai fait la tentative, dans deux heures, je saurai de madame de Saint-Méran ce que nous avons à espérer. Revenez dans deux heures, mon ami, si j'ai été exaucée, je puis rester ici, vous ne craindrez plus; si l'on m'a refusée...

MORREL.

Eh bien !...

VALENTINE.

Je n'ai qu'une parole comme je n'ai qu'un cœur, Maximilien, et ce cœur est à vous, et cette parole je vous la donne.

MORREL.

Merci! merci!

VALENTINE.

On vient! fuyez!

MORREL, escaladant le mur.

Adieu! ma femme!

VALENTINE.

Votre femme, oui, adieu!

MORREL.

Dans deux heures, ici!

VALENTINE.

Dans deux heures! Voici Édouard, vite! vite! Pardonnez-moi, mon Dieu! n'est-ce pas que vous me pardonnez!

SCÈNE VI.

VALENTINE, puis VILLEFORT et MONTE-CRISTO.

ÉDOUARD, accourant à la brèche.

Madame monte à sa tour,
Mironton, ton ton, mirontaine.

VALENTINE, l'arrêtant.

Édouard!

ÉDOUARD.

Ah! un moineau sur l'arbre.

(Il ramasse une pierre et la jette dans l'enclos.)

VALENTINE.

Édouard... Édouard, que faites-vous?

(Villefort et Monte-Cristo apparaissent.)

VILLEFORT.

Valentine, ma fille, monsieur le comte! (Présentant Monte-Cristo à Valentine.) M. le comte de Monte-Cristo.

ÉDOUARD.

Roi de la Chine, empereur de la Cochinchine.

VILLEFORT.

Emmène cet enfant, Valentine.

VALENTINE.

Viens

ÉDOUARD.

Je ne veux pas m'en aller, moi.

VILLEFORT.

Édouard, obéissez! (L'enfant s'éloigne en pleurant et en battant sa sœur.

MONTE-CRISTO.

Toujours charmant, cet enfant!

VILLEFORT.

Pardon de ne pas vous avoir tenu compagnie pendant tout le temps de votre visite, monsieur le comte, mais, vous le savez, mes occupations sont graves, pas un de mes momens ne m'appartient.

MONTE-CRISTO.

Vous accomplissez une noble tâche, monsieur, et cependant j'étais venu dans l'espérance de vous enlever pendant quelques heures à vos travaux; j'inaugure, dans cinq ou six jours, une petite maison que j'ai achetée à Auteuil; aurai-je le bonheur de vous compter au nombre de mes convives?...

VILLEFORT.

Je suis un triste convive, Monsieur, et peu fait pour égayer un repas... mais n'importe, je me ferai un véritable bonheur de répondre à votre invitation.. Dans quelle rue est située votre maison, monsieur le comte?

MONTE-CRISTO.

Mais vous devez connaître cette maison, monsieur, car mon notaire m'a dit qu'elle avait appartenu autrefois à M. de Saint-Méran.

VILLEFORT.

Serait-ce vous, monsieur, qui auriez acheté la maison no 28?

MONTE-CRISTO.

Rue de la Fontaine, oui, monsieur.

VILLEFORT, troublé.

En ce cas, je ne puis vous répondre...

MONTE-CRISTO.

Auriez-vous des motifs de ne pas rentrer dans cette maison, monsieur?

VILLEFORT.

Aucun, non, monsieur.

MONTE-CRISTO.

Je puis donc compter sur vous?

VILLEFORT.

Comptez-y, monsieur.

MONTE-CRISTO.

Oh! c'est que, comme le notaire m'avait dit que jamais on ne vous avait revu à Auteuil, depuis je ne sais quelle blessure... N'avez-vous pas failli être assassiné, monsieur?

VILLEFORT.

Oui... mais n'importe, monsieur, je n'ai aucun motif, aucune raison...

MONTE-CRISTO.

Alors, à jeudi prochain.

VILLEFORT.

A jeudi prochain.

MONTE-CRISTO.

Quelque chose qui arrive?

VILLEFORT.

Comptez sur moi.

(Il vient reconduire Monte-Cristo.)

MONTE-CRISTO.

Oh! je vous supplie... (Il sort.)

SCÈNE VII.

VILLEFORT, puis VALENTINE et Mme DE SAINT-MÉRAN.

(Elles sont entrées en scène par l'allée du fond.)

VILLEFORT.

Voilà un homme étrange; il faut que je sache qui il est et d'où il vient.

VALENTINE, sous les arbres, à madame de Saint-Méran.

Êtes-vous bien ici, bonne maman?

Mme DE SAINT-MÉRAN.

Je serai bien partout où je pourrai causer tranquillement avec toi et avec ton père.

VALENTINE.

(A part.) Irait-elle au devant de mes vœux? (Haut.) Vous entendez, monsieur, ma bonne mère désire causer avec vous.

VILLEFORT, s'approchant.

Comment vous trouvez-vous, marquise?

Mme DE SAINT-MÉRAN.

Mal, monsieur, mal... voilà pourquoi une conversation devient urgente.

VILLEFORT.

Il fallait nous faire appeler dans votre chambre, madame.

Mme DE SAINT-MÉRAN.

Non, pas dans une chambre... Dans une chambre, il y a des portes, des tapisseries; on croit être seul, et on ne l'est pas.

VALENTINE, bas.

Vous entendez, Barrois, ma bonne maman souffre: allez, sans rien dire, chercher notre médecin, M. d'Avrigny; qu'il vienne comme pour une visite amicale.

BARROIS.

Bien, mademoiselle, je comprends.

Mme DE SAINT-MÉRAN.

Barrois, apportez-moi donc mon eau de chicorée.

BARROIS.

La voici, madame.

VALENTINE.

Est-elle fraiche.

BARROIS.

On vient de la préparer à l'instant même.

VALENTINE.

Allez, Barrois, allez.

VILLEFORT.

Eh bien! nous voilà seuls, madame.

Mme DE SAINT-MÉRAN.

Monsieur, je n'emploierai ni circonlocutions ni détours, et j'aborderai franchement ce que j'ai à vous dire. Je voudrais, avant ma mort, voir cette enfant mariée.

VALENTINE.

Oh! bonne mère.

Mme DE SAINT-MÉRAN.

Tais-toi, enfant, et laisse-moi continuer.

VILLEFORT.

Avant votre mort, avez-vous dit, madame, mais alors nous avons du temps devant nous, je l'espère.

Mme DE SAINT-MÉRAN.

Vous vous trompez, monsieur, quand la mort se met dans une famille, elle ne la quitte pas si facilement... que vous dites... Voyez M. de Saint-Méran, il y a un an qu'il est mort; lui aussi croyait avoir encore de longues années à vivre. Eh bien! moi, je sens que je ne tarderai pas à le rejoindre.

VILLEFORT.

Vous vous frappez à tort, madame.

VALENTINE.

Bonne mère, vous vous inquiétez sans raison.

Mme DE SAINT-MÉRAN.

Monsieur, je vous dis qu'il faut que l'on se hâte de marier cette enfant, afin qu'elle ait au moins sa bonne grand' mère pour bénir son mariage... Je suis la seule qui lui reste du côté de ma chère Renée, que vous avez si vite oubliée, monsieur.

VILLEFORT.

Eh! madame, vous ne songez point qu'il fallait donner une mère à cette enfant, qui n'en avait plus.

Mme DE SAINT-MÉRAN.

Une belle-mère n'est pas une mère, monsieur! Mais ce n'est point de cela qu'il s'agit... Il s'agit de Valentine... Laissons les morts tranquilles... Revenons donc à ce que je vous disais; je veux voir ma Valentine mariée, avant de mourir, entendez-vous! mais bien mariée; je le veux!

(Madame de Villefort traverse le jardin et vient écouter.)

VILLEFORT.

Eh bien! cela tombe à merveille, marquise, M. Frantz d'Épinay est arrivé aujourd'hui d'Italie.

VALENTINE, s'appuyant à un arbre.

Mon Dieu!

VILLEFORT.

Et comme nous n'attendions que son retour...

Mme DE SAINT-MÉRAN.

Alors, qu'on le fasse venir dès ce soir; je veux le voir, je veux le connaître; je veux lui ordonner de rendre ma petite-fille heureuse; je veux qu'il s'y engage par un serment terrible, afin que j'aie le droit de me lever du fond de mon sépulcre et de venir le trouver, s'il n'était pas pour cette enfant tout ce qu'il doit être.

VILLEFORT.

Marquise, éloignez ces idées exaltées, qui touchent au delà de la vie; les morts, une fois couchés dans leurs tombeaux, y dorment sans se relever jamais.

VALENTINE.

Oh! oui, calme-toi, bonne mère, calme-toi.

Mme DE SAINT-MÉRAN.

Et moi, monsieur, je vous dis qu'il n'en est point ainsi que vous croyez... Cette nuit, cette nuit, j'ai dormi d'un sommeil terrible... car je me voyais en quelque sorte dormir, comme l'âme voit dormir le corps quand elle le quitte... Mes yeux, que je m'efforçais d'ouvrir, se refermaient malgré moi, et cependant... oh! je sais bien que cela va vous paraître impossible, à vous surtout, monsieur; eh bien, avec mes yeux fermés, j'ai vu, venant de l'angle de ma chambre où il y a une porte donnant dans le cabinet de toilette de madame de Villefort, j'ai vu entrer sans bruit une forme blanche.

Mme DE VILLEFORT.

Elle m'a vue!

VALENTINE.

Oh!

VILLEFORT.

C'était la fièvre qui vous agitait, madame.

Mme DE SAINT-MÉRAN.

Doutez, si vous voulez, incrédules; mais je sais ce que j'ai vu, j'ai vu un fantôme, vous dis-je. Qui donc serait entré dans ma chambre, sinon un fantôme?

Mme DE VILLEFORT.

Elle ne m'a pas reconnue.

Mme DE SAINT-MÉRAN.

Et comme si Dieu eût craint que je récusasse le témoignage d'un seul de mes sens, j'ai entendu remuer mon verre, tenez, celui-là même qui est là près de la carafe, et qui était sur ma table près de mon lit.

VALENTINE.

Oh! bonne mère, c'était un rêve.

Mme DE SAINT-MÉRAN.

C'était si peu un rêve, que j'ai étendu la main vers la sonnette, et qu'alors l'ombre a disparu... Eh bien, cette ombre, c'était celle de la pauvre Renée, monsieur, qui venait m'avertir de veiller sur sa fille.

(Barrois rentre.)

VALENTINE.

Eh bien?

BARROIS.

Le médecin me suit.

VILLEFORT.

Oh! madame, ne vous abandonnez pas à de pareilles pensées, vous vivrez longtemps encore, vous vivrez au milieu de nous.

Mme DE SAINT-MÉRAN.

Et je vous dis, moi, que je n'ai peut-être pas vingt-quatre heures à vivre... Aussi, Barrois! Barrois!

BARROIS.

Madame la marquise.

Mme DE SAINT-MÉRAN.

Vous irez chercher mon notaire.

VILLEFORT.

Votre notaire?

Mme DE SAINT-MÉRAN.

Oui, tout de suite, je veux que le contrat de mariage soit fait ce soir, je veux m'assurer que mon testament est fait en bonne forme, je veux être certaine que tout ce qui reviendra à Valentine...

VALENTINE.

Ma mère, ma mère, vous avez la fièvre; ce n'est point un notaire qu'il faut appeler, c'est un médecin.

Mme DE SAINT-MÉRAN.

Un médecin, je ne souffre pas; j'ai soif, voilà tout... donnez-moi à boire, Barrois.

VALENTINE.

Tenez, ma bonne mère.

Mme DE SAINT-MÉRAN.

Merci!

VALENTINE.

Etes-vous mieux?

Mme DE SAINT-MÉRAN.

C'est étrange, au lieu de me calmer, il me semble que cette boisson me brûle... Oh! de l'eau, de l'eau fraîche puisée à une source, à une fontaine... Valentine, mon enfant, mon Dieu, mon Dieu!

VALENTINE.

Ma mère, ma bonne mère... au secours, Barrois... M. Davrigny.

BARROIS.

Le voilà! le voilà!

VALENTINE, à son père.

Monsieur, conduisons ma bonne maman dans sa chambre.

SCÈNE VIII.

LES MÊMES, LE MÉDECIN.

LE MÉDECIN.

Eh bien, madame, me voilà! Qu'éprouvez-vous? que désirez-vous?

Mme DE SAINT-MÉRAN.

De l'eau! de l'eau!

LE MÉDECIN.

Venez, madame la marquise, venez!

(Ils sortent.)

SCÈNE IX.

MAXIMILIEN, Mme DE VILLEFORT, sortant de l'endroit où elle était cachée, s'avance sur la pointe du pied, vide ce qui reste d'eau de chicorée dans la carafe, et disparaît.

MAXIMILIEN, à la brèche.

Valentine!... Valentine!... Il me semble que j'ai entendu des cris... qu'on appelait au secours... Oh! lui serait-il arrivé malheur... oui, oui, il me semble qu'il y a un grand mouvement dans la maison... oh! je ne puis résister à mon inquiétude, il faut que je sache, il faut que je voie par moi-même... (Il franchit le mur.) D'ailleurs, personne ne viendra ici, ils sont tous occupés dans la maison... Oh! ces lumières qui courent éperdues de fenêtres en fenêtres... il se passe quelque chose de terrible, cela ressemble aux maisons dans lesquelles la mort vient d'entrer... Valentine! Valentine! (Il fait quelques pas.) Oh! ce que je fais est insensé, mais n'importe... Valentine! Valentine!... Oh! la porte s'ouvre... quelqu'un!... (Il recule jusque dans un massif.)

SCÈNE X.

MORREL caché, M. DE VILLEFORT, LE MÉDECIN.

VILLEFORT.

Oh! cher docteur, le ciel se déclare décidément contre notre maison; quel coup de foudre; n'essayez pas de me consoler, il n'y a pas de consolation pour un pareil malheur, la plaie est trop vive et trop profonde... morte! morte!

MAXIMILIEN, à lui-même.

Morte, qui donc cela?

LE MÉDECIN.

Mon cher monsieur de Villefort, je ne vous amène pas ici pour vous consoler... tout au contraire.

VILLEFORT.

Que voulez-vous dire?

LE MÉDECIN.

Je veux vous dire que derrière le malheur qui vient de vous arriver, il en est un autre plus grand encore, peut-être.

VILLEFORT.

Oh! mon Dieu!

LE MÉDECIN.

Sommes-nous bien seuls, mon ami?

VILLEFORT.

Oui, bien seuls; mais que signifient toutes ces préparations?

LE MÉDECIN.

Elles signifient que j'ai une confidence terrible à vous faire.

VILLEFORT.

Asseyons-nous, les jambes me manquent... parlez, docteur.

LE MÉDECIN.

Madame de Saint-Méran était bien âgée, mais d'une santé excellente, n'est-ce pas?

VILLEFORT.

Le chagrin l'a tuée, docteur, depuis la mort de son mari, mort aussi inattendue que celle qui vient de la frapper elle-même.

MAXIMILIEN, respirant.

Ah!

LE MÉDECIN.

Ce n'est pas le chagrin, mon cher Villefort, le chagrin ne tue pas en quatre mois, en un an, en dix ans même...

VILLEFORT.

Alors!

LE MÉDECIN.

Vous êtes resté là pendant l'agonie?

VILLEFORT.

Oui, car vous m'avez dit tout bas de ne pas m'éloigner.

LE MÉDECIN.

Avez-vous suivi cette agonie dans ses trois périodes?

VILLEFORT.

Oui, certainement, la malade a eu trois attaques successives, à quelques secondes les unes des autres, et à chaque fois plus rapprochées et plus graves... à la troisième, elle expira. Depuis la fin de la première crise, j'avais reconnu le tétanos, et vous me confirmâtes dans cette opinion.

LE MÉDECIN.

Oui, devant tout le monde; mais maintenant que nous sommes seuls...

VILLEFORT.

Qu'allez-vous me dire, mon Dieu!

LE MÉDECIN.

Que les symptômes de l'empoisonnement par certaines substances sont absolument les mêmes.

VILLEFORT se levant.

Docteur, songez-vous bien à ce que vous me dites là?

LE MÉDECIN.

Si bien que, dans ma conviction, non seulement je dis: madame de Saint-Méran est morte empoisonnée, mais encore je dirais quel poison l'a tuée.

VILLEFORT.

Monsieur... Monsieur...

LE MÉDECIN.

Madame de Saint-Méran a succombé à une forte dose de poison que, par hasard sans doute, par erreur peut-être, on lui a administrée.

VILLEFORT.

Oh! c'est impossible; je rêve, mon Dieu, c'est effroyable d'entendre dire de pareilles choses à un homme comme vous. Au nom du ciel, je vous en supplie, cher docteur, dites-moi que vous pouvez vous tromper.

LE MÉDECIN.

Sans doute je le puis, puisque je suis homme, mais...

VILLEFORT.

Mais...

LE MÉDECIN.

Je ne me trompe pas...

VILLEFORT.

Mais madame de Saint-Méran n'a bu que son eau de chicorée, là, tout à l'heure.

LE MÉDECIN.

Là, dites-vous?

VILLEFORT.

Oui, la carafe doit y être encore.

LE MÉDECIN.

A-t-elle tout bu?

VILLEFORT.

Un verre à peine.

LE MÉDECIN.

Et la carafe ..

VILLEFORT.

Était aux trois quarts.

LE MÉDECIN.

Ou est cette carafe?

VILLEFORT.

Là, vous dis-je. Tenez, la voici.

LE MÉDECIN.

Donnez.

VILLEFORT.

Vide.. elle est vide!

LE MÉDECIN.

C'est cela, l'empoisonneur a eu le temps de faire disparaître la trace du crime.

VILLEFORT.

Mon ami, mon ami, à ma place, que feriez-vous?... Seulement, réfléchissez avant de me répondre... Je sais bien que mon devoir comme chef de famille est de faire une enquête. Mais, docteur, introduire dans ma maison le scandale après le deuil. Oh! ma femme et ma fille en mourraient... et moi, moi, docteur, vous le savez, un homme n'en arrive pas où j'en suis, un homme n'a pas rempli les sévères fonctions dont j'ai été chargé pendant vingt-cinq ans, sans amasser bon nombre d'ennemis. J'en ai beaucoup, je le sais; cette affaire ébruitée sera pour eux un triomphe qui les fera tressaillir de joie, et qui, moi... moi, me couvrira de honte. Docteur, pardonnez-moi mes idées mondaines... Si vous étiez un prêtre, je n'oserais vous dire cela, mais vous êtes un homme, vous connaissez les autres hommes... Docteur, docteur, vous n'avez rien vu, vous ne m'avez rien dit, n'est-ce pas?

LE MÉDECIN.

Mon cher monsieur de Villefort, mon premier devoir est l'humanité. J'eusse sauvé madame de Saint-Méran, s'il eût été au pouvoir de la science de le faire; je l'eusse sauvée même en vous perdant tous. Elle est morte, je me dois aux vivans: ensevelissons au plus profond de nos cœurs ce terrible secret. Seulement vous voilà prévenu, Villefort .. Madame de Saint-Méran est morte empoisonnée.

VILLEFORT.

Oh!

LE MÉDECIN.

Madame de Saint-Méran est morte empoisonnée!

VILLEFORT.

Oh!

LE MÉDECIN.

Vous ne voulez pas de bruit, pas de scandale, pas d'enquête... Si une troisième personne meurt...

VILLEFORT.

Eh bien!

LE MÉDECIN.

Eh bien! monsieur de Villefort... celle-là... c'est vous qui l'aurez tuée.

VILLEFORT.

Monsieur!

LE MÉDECIN.

J'ai promis de me taire, je me tairai.... Venez!

VILLEFORT.

Est-ce que tout cela serait une punition du Ciel? (Ils s'éloignent.)

SCÈNE XI.

MAXIMILIEN (seul).

Oh! Valentine, je comprends pourquoi vous n'êtes pas venue!... Valentine, Dieu nous protége d'une terrible façon!

QUATRIÈME TABLEAU.

Une chambre chez Caderousse.

SCÈNE I.

ANDRÉA, Mme GRIGNON, (elle tient des fruits dans une feuille de chou.)

ANDRÉA, passant la tête

Dites donc, la grosse maman?

Mme GRIGNON.

Qu'y a-t-il, mon joli garçon?

ANDRÉA.

Au troisième au dessus de l'entresol.

Mme GRIGNON.

Vous y êtes.

ANDRÉA.

M. Pailletin, boulanger retiré.

Mme GRIGNON.

C'est ici!

ANDRÉA.

Est-il chez lui?

SCÈNE II.

LES PRÉCÉDENS, CADEROUSSE.

CADEROUSSE.

Un peu qu'il y est.

Mme GRIGNON.

Tenez, voilà votre dessert, monsieur Pailletin.

CADEROUSSE.

Combien vous dois-je?

Mme GRIGNON.

Cinq sous.

CADEROUSSE.

Assiette comprise?

Mme GRIGNON.

Farceur.

CADEROUSSE.

Voilà vos vingt-cinq centimes.

Mme GRIGNON.

Voilà un locataire qui n'aime pas les dettes criardes, il paie tout comptant.

CADEROUSSE.

Et maintenant, madame Grignon, comme c'est monsieur que j'attendais, que je n'attends plus personne et que je n'ai plus besoin de vous...

Mme GRIGNON.

C'est ça, vous me renvoyez.

CADEROUSSE.

Non pas, seulement je vous reconduis.

Mme GRIGNON.

Merci de la peine, ne vous dérangez pas.

(Caderousse ferme la porte au verrou et se retourne vers Andréa.)

SCÈNE III.

CADEROUSSE, ANDRÉA.

ANDRÉA.

Nous voilà seuls, que me voulez-vous?

CADEROUSSE.

Eh bien, mais ce que l'on se veut entre vieilles connaissances, se dire un petit bonjour.

ANDRÉA.

Voyons pourquoi venez-vous troubler ma tranquillité?

CADEROUSSE.

Mais toi-même, mon pauvre garçon, pourquoi te défies-tu toujours de moi?

ANDRÉA.

En quoi me suis-je défié de vous?

CADEROUSSE.

En quoi, tu me le demandes? Grâce à cet Anglais qui nous prend en amitié, qui nous donne une lime et à qui tu voles sa bourse, nous sortons de là-bas ensemble. Nous courons ensemble jusqu'au pont du Var. Tu me dis que tu vas voyager en Piémont et pas du tout, tu viens à Paris.

ANDRÉA.

Cela vous gêne donc que je sois à Paris?

CADEROUSSE.

Patience donc, salpêtre, j'arrive à Paris de mon côté, je n'ose y demeurer, il faut être riche pour demeurer à Paris. J'exploite la banlieue, j'arrive à Auteuil, j'interroge un savoyard sur les ressources du pays. Ce savoyard, il semblait posté là exprès pour me donner des renseignemens. Il m'indique rue de la Fontaine, n. 28, un grand seigneur italien que l'on dit fort généreux, je me rends rue de la Fontaine, 28, je regarde qui entre et qui sort chez ce grand seigneur, si généreux. Qui sort? c'est toi, mon petit Andréa; avec qui? je n'en sais rien, avec un beau monsieur, vêtu d'une polonaise, à qui tu dis en sortant: C'est bien nous nous retrouverons hôtel des Princes, puisque nous y logeons tous les deux: je me dis alors à moi même: C'est bien, si le petit loge à l'hôtel des princes, c'est qu'il est riche, et s'il est riche, moi, je n'ai plus besoin de rien.

ANDRÉA.

Eh bien, vous m'avez écrit à l'hôtel des Princes, vous m'avez donné rendez-vous au télégraphe, j'y ai été, vous m'avez demandé cent-cinquante francs par mois pour vivre, je vous en ai accordé deux-cents, est-ce vrai?

CADEROUSSE.

C'est vrai!

ANDRÉA.

Qu'avez-vous répondu? Allons voyons! qu'avez-vous répondu?

CADEROUSSE.

J'ai répondu : Tu es bien bon... Je vais louer une chambre dans une maison honnête, et j'ai déjà trouvé la chambre, rue des Deux-Écus, n. 15. Je vais me couvrir d'un habit décent, je vais me raser tous les jours, aller lire les journaux aux café, le soir, j'entrerai au spectacle avec une contremarque, j'aurai l'air d'un boulanger retiré, c'est mon rêve, chacun le sien; ton rêve à toi n'était-il pas d'avoir un singe?

ANDRÉA.

Votre rêve est accompli, vous avez touché votre argent, vous avez votre chambre, vous avez l'air d'un geindre retiré, alors que veut dire cette lettre, que j'ai reçue hier soir?

CADEROUSSE, prenant la lettre et lisant.

« Tu sais où je demeure, je t'attends demain » à 9 heures du matin...»—Eh bien! elle veut dire que je t'attendais.

ANDRÉA.

Après!

CADEROUSSE.

Et que, puisque te voilà, je ne t'attends plus.

ANDRÉA.

Voyons... Que me veux tu?

CADEROUSSE

Mais te voir, le petit, pas autre chose... tiens, regarde un peu le bon déjeuner que nous avons, rien que des choses que tu aimes... trou de l'ail.. (Il se met à éplucher des oignons), que t'en semble, est-ce que ça n'embaume pas l'ayoli?

ANDRÉA.

Si c'est pour déjeuner avec toi que tu me déranges, et que tu me forces à prendre la livrée de mon groom, que le diable t'emporte!

CADEROUSSE, sentencieusement.

Mon fils, en mangeant l'on cause, et en causant on s'instruit... mais tu n'as donc pas de plaisir à voir ton ami?... moi je pleure. (Il s'essuie les yeux.)

ANDRÉA.

Tais-toi donc, hypocrite, tu m'aimes, toi?

CADEROUSSE.

Allons donc, si je ne t'aimais pas, est-ce que je supporterais la vie misérable que tu me fais .. regarde un peu, tu as sur ton dos l'habit de ton domestique... Donc, tu as un domestique... moi, je n'en ai pas, ce qui fait que je suis obligé d'éplucher mes légumes moi-même, tu fais fi de ma cuisine parce que tu dînes à l'hôtel des Princes ou au café de Paris... Eh bien! moi aussi je pourrais avoir un domestique; moi aussi, je pourrais avoir un tilbury, moi aussi je pourrais dîner où je voudrais... eh bien! pourquoi est-ce que je m'en prive? pour ne pas faire de peine à mon petit Benedetto. Allons, avoue seulement que je le pourrais, hein?

ANDRÉA.

Allons, mettons que tu m'aimes.

CADEROUSSE.

Mais tu es venu pour déjeuner, n'est ce pas? eh! bien, déjeunons, ah! oui tu regardes ma chambre, mes quatre chaises de paille, mes images à dix sous le cadre... Dam! que veux-tu? Ce n'est pas l'hôtel des Princes.

ANDRÉA.

Allons, te voilà dégoûté à présent, toi qui ne demandais qu'à avoir l'air d'un boulanger retiré.

CADEROUSSE.

Un boulanger retiré, mon pauvre Benedetto, c'est riche, ça, ça a des rentes.

ANDRÉA.

Pardieu, tu en as des rentes.

CADEROUSSE.

Moi!

ANDRÉA.

Oui, toi, puisque je te fais deux cents francs par mois.

CADEROUSSE.

Aussi tu me les reproches... En vérité, c'est humiliant de recevoir de l'argent donné ainsi à contre-cœur, de l'argent qui peut manquer du jour au lendemain!

ANDRÉA.

Comment, du jour au lendemain?

CADEROUSSE.

Eh! mon ami, la fortune est inconstante, comme disait l'aumônier du... régiment... et ta prospérité peut ne pas durer... je sais bien qu'elle est immense, ta prospérité, scélérat, tu vas épouser la fille de Danglars.

ANDRÉA.

Comment, de Danglars!

CADEROUSSE.

Et certainement, de Danglars, ne faut-il pas que je dise du baron Danglars... comme si je disais le vicomte de Benedetto?

ANDRÉA.

Allons donc, la jalousie te fait voir des arcs-en-ciel, Caderousse.

CADEROUSSE.

C'est bon, c'est bon, on sait ce qu'on dit, peut-être qu'un jour on mettra son habit des dimanches, et qu'on ira dire à des portes cochères: le cordon, s'il vous plaît, en attendant, mets-toi là et déjeunons... Ah! ah! il parait que tu te raccommodes avec ton maître d'hôtel?

ANDRÉA.

Ma foi oui!

CADEROUSSE.

Et tu trouves cela bon, coquin?

ANDRÉA.

Si bon, que je ne comprends pas qu'un homme qui fricasse et qui mange de si bonnes choses puisse trouver la vie mauvaise.

CADEROUSSE.

Vois-tu, c'est que mon bonheur est gâté par une seule pensée.

ANDRÉA.

Laquelle?

CADEROUSSE.

C'est que je vis aux dépens d'un ami. . moi qui ai toujours bravement gagné ma vie.

ANDRÉA.

Oh! qu'à cela ne tienne, j'ai assez pour deux, ne te gêne pas.

CADEROUSSE.

Non, mais tu me croiras si tu veux, à la fin de chaque mois j'aurai des remords.

ANDRÉA.

Bon Caderousse!

CADEROUSSE.

Et puis, il m'est venu une idée.

ANDRÉA.

Ah!

CADEROUSSE.

Vois-tu, c'est misérable d'être toujours à attendre la fin d'un mois.

ANDRÉA.

Et moi, ma vie ne se passe-t-elle pas aussi à attendre cette fin de mois?.. Eh! bien je prends patience.

CADEROUSSE.

Oui, parce qu'au lieu d'attendre deux misérables cents francs, tu en attends cinq ou six mille, peut-être dix, peut-être douze même, car tu es un cachotier, toi... là-bas tu avais des boursicots, des tirelires que tu essayais de soustraire au pauvre ami Caderousse... heureusement qu'il a le nez fin, l'ami Caderousse en question.

ANDRÉA.

Allons, voilà que tu vas te remettre à divaguer.

CADEROUSSE.

Tu as raison, revenons aux affaires... je voulais donc dire que si j'étais à ta place...

ANDRÉA.

Eh! bien, que ferais-tu?

CADEROUSSE.

Je réaliserais...

ANDRÉA.

Comment, tu réaliserais?

CADEROUSSE.

Oui, je demanderais un semestre d'avance sous prétexte que je veux devenir éligible, puis, avec mon semestre, je décamperais.

ANDRÉA.

Tiens, ce n'est pas si mal pensé. Eh bien! pourquoi ne suis-tu pas toi-même le conseil que tu me donnes, pourquoi ne réalises-tu pas un semestre, une année même, et ne te retires-tu pas à Bruxelles; au lieu d'avoir l'air d'un boulanger retiré; tu auras l'air d'un banqueroutier dans l'exercice de ses fonctions, c'est très bien porté.

CADEROUSSE.

Et comment diable veux-tu que je me retire avec douze cents francs... impossible! mais voyons, toi, retire-toi avec cinquante mille, et emmène-moi.

ANDRÉA.

Je ferais une belle sottise.

CADEROUSSE.

En m'emmenant?

ANDRÉA.

Non, en me retirant.

CADEROUSSE.

Comment cela?

ANDRÉA.

Parce qu'en me retirant avec cinquante mille francs, j'escompterais un capital de cinq cents.

CADEROUSSE.

De cinq cent mille!

ANDRÉA.

Oui, et il faut que j'attende.

CADEROUSSE.

Quoi?

ANDRÉA.

Sa mort.

CADEROUSSE.

Quelle mort?

ANDRÉA.

La mort de mon prince... celui qui me fait mes rentes, celui que tu as vu l'autre jour au télégraphe.

CADEROUSSE.

Il t'a donc porté sur son testament?

ANDRÉA.

Tu l'as dit.

CADEROUSSE.

Vrai!

ANDRÉA.

Parole d'honneur.

CADEROUSSE.

Pas possible!

ANDRÉA.

Caderousse, tu es mon ami?

CADEROUSSE.

A la vie, à la mort.

ANDRÉA.

Mais chut!

CADEROUSSE.

Muet comme une carpe.

ANDRÉA.

Eh! bien, je crois...

CADEROUSSE.

N'aie pas peur, nous sommes seuls.

ANDRÉA.

Je crois que j'ai retrouvé mon père.

CADEROUSSE.

Tu me l'as déjà dit.

ANDRÉA.

Mais mon vrai père.

CADEROUSSE.

Pas le père Cavalcanti, alors.

ANDRÉA.

Non, puisqu'il va repartir, celui-là.

CADEROUSSE.

Alors, le vrai... le vrai?

ANDRÉA.

Oui.

CADEROUSSE.

Et ce père, c'est...

ANDRÉA.

Eh bien! Caderousse, c'est le comte de Monte-Cristo.

CADEROUSSE.

Bah!

ANDRÉA.

Tu comprends, il ne pouvait m'avouer tout haut après les malheurs qui m'étaient arrivés, mais il m'a fait reconnaître par M. Cavalcanti, à qui il a donné cinquante mille francs pour cela.

CADEROUSSE.

Cinquante mille francs pour être ton père, comment n'as-tu pas pensé à moi, ingrat, j'aurais fait la chose à moitié prix.

ANDRÉA.

Est-ce que je savais cela? tout cela était arrangé quand je suis arrivé à Paris; je suis même sûr que c'est lui qui nous a fait évader de là-bas.

CADEROUSSE.

Et tu dis que par son testament?...

ANDRÉA.

Il me laisse cinq cent mille livres.

CADEROUSSE.

Tu en es sûr?

ANDRÉA.

Il me l'a montré, mais ce n'est pas tout.

CADEROUSSE.

Ce n'est pas tout?

ANDRÉA.

Il y a un codicile.

CADEROUSSE.

Et dans ce codicile...

ANDRÉA.

Il me reconnait et me laisse sa maison de Paris, car il a acheté une maison à Paris.

CADEROUSSE.

Où cela?

ANDRÉA.

Avenue des Champs-Elysées, 30, mitoyenne de celle de M. de Villefort.

CADEROUSSE.

Oh! quelle drôle d'idée qu'il a comme cela de te laisser une maison si près d'un homme qui, d'un jour à l'autre, peut lancer un mandat d'amener contre son voisin.

ANDRÉA.

C'est vrai, mais n'importe, il me la laisse.

CADEROUSSE.

Oh! le brave homme de père, le bonhomme de père, l'honnête homme de père, et le testament, il est bien signé?

ANDRÉA.

Signé et paraphé par devant notaire.

CADEROUSSE.

De sorte que si l'on voulait, aujourd'hui il y aurait un bon coup à faire... (Faisant le geste de prendre.)

ANDRÉA.

Caderousse, à la santé du comte de Monte-Cristo!

CADEROUSSE.

Et il est richissime?

ANDRÉA.

Richissime, il ne connait pas sa fortune.

CADEROUSSE.

Est-ce possible!

ANDRÉA.

Ecoute; avant-hier, c'était un garçon de banque qui lui apportait cinquante mille francs en papier Joseph, dans un portefeuille gros comme ta serviette; hier, c'était un banquier qui lui apportait cent mille francs en or.

CADEROUSSE.

Et tu vas dans cette maison-là?...

ANDRÉA.

Quand je veux.

CADEROUSSE.

Et ne demeure-t-il pas avenue des Champs-Elysées?

ANDRÉA.

Une belle maison entre cour et jardin: tu ne connais que cela.

CADEROUSSE.

C'est possible, mais ce n'est pas l'extérieur qui m'occupe.

ANDRÉA.

C'est l'intérieur, n'est-ce pas?

CADEROUSSE.

Les beaux meubles qu'il doit y avoir là-dedans!

ANDRÉA.

As-tu vu les Tuileries?

CADEROUSSE.

Non.

ANDRÉA.

Eh bien! c'est plus beau que les Tuileries.

CADEROUSSE.

Dis donc, tu devrais me conduire un jour dans cette maison-là.

ANDRÉA.

Impossible, et à quel titre?

CADEROUSSE.

Tu as raison, mais il faut pourtant que je voie cela.

ANDRÉA.

Pas de bêtises, Caderousse.

CADEROUSSE.

Je me présenterai comme frotteur.

ANDRÉA.

Il y a des tapis partout.

CADEROUSSE.

Tâche au moins de me faire comprendre la distribution, hein?

ANDRÉA.

Comment veux-tu?

CADEROUSSE.

En me faisant un petit plan, j'ai manqué ma vocation, je devais être architecte.

ANDRÉA.

Il me faudrait de l'encre, du papier, une plume.

CADEROUSSE.

Attends, je vais t'aller chercher tout cela.

ANDRÉA, à lui-même.

Il coupe dedans.

CADEROUSSE.

Voilà.

ANDRÉA.

Tiens, vois-tu, voilà le jardin, voilà la maison.

CADEROUSSE.

Des grands murs au jardin?

ANDRÉA.

Non, huit ou dix pieds tout au plus.

CADEROUSSE.

Voilà qui n'est pas prudent; et qu'y a-t-il dans le jardin?

ANDRÉA.

Des caisses d'orangers, des pelouses, des massifs, des fleurs.

CADEROUSSE.

Pas de piéges à loup?

ANDRÉA.

Non.

CADEROUSSE.

Voyons le rez-de-chaussée.

ANDRÉA.

Le rez-de-chaussée n'est pas intéressant.

CADEROUSSE.

Pas intéressant?

ANDRÉA.

Non.

CADEROUSSE.

Passons au premier alors... un escalier...

ANDRÉA.

Deux, un petit, un grand...

CADEROUSSE.

Des fenêtres?...

ANDRÉA.

Magnifiques, nous passerions tous les deux ensemble par le même carreau.

CADEROUSSE.

A quoi bon deux escaliers, quand on a des fenêtres pareilles?

ANDRÉA.

Que veux-tu, le luxe!...

CADEROUSSE.

Mais des volets...

ANDRÉA.

Dont on ne se sert jamais... Un original, ce comte de Monte-Cristo, il aime à voir le ciel pendant la nuit.

CADEROUSSE.

Et les domestiques, où couchent-ils?

ANDRÉA.

Ils ont leur maison à eux.

CADEROUSSE.

A part?

ANDRÉA.

Oui, à part, avec des sonnettes correspondant aux chambres.

CADEROUSSE.

Ah! diable! des sonnettes!

ANDRÉA.

Tu dis?...

CADEROUSSE.

Moi, rien; je dis que ça coûte très cher à poser des sonnettes, et à quoi ça sert-il, je te le demande?... et pas de chien?

ANDRÉA.

Non, il dit que cela mord.

CADEROUSSE.

Pas prudent! pas prudent!

ANDRÉA.

C'est ce que je lui disais hier! monsieur le comte, quand vous allez coucher à Auteuil, vous emmenez vos domestiques, et la maison de Paris reste seule... pas prudent!

CADEROUSSE.

Et qu'a-t-il répondu?

ANDRÉA.

Pas prudent!... Pourquoi?—Parce qu'un jour

on vous volera...— Eh bien! a-t-il dit, qu'est-ce que ça me fait qu'on me vole?

CADEROUSSE.

Andréa, il a quelque secrétaire à mécanique?

ANDRÉA.

A mécanique!

CADEROUSSE.

Oui, qui prend le voleur dans une grille, et qui lui joue un air... On m'a dit qu'il y en avait un comme cela à la dernière exposition

ANDRÉA

Non, il a tout bonnement un secrétaire en acajou.

CADEROUSSE.

Et ce secrétaire est au premier?

ANDRÉA.

Oui!

CADEROUSSE.

Fais-moi donc le plan du premier, le petit.

ANDRÉA.

C'est facile, vois-tu, il y a antichambre, salon, chambre à coucher, cabinet de toilette... C'est dans la chambre à coucher qu'est le fameux secrétaire.

CADEROUSSE.

Et des fenêtres?

ANDRÉA.

Une là!

CADEROUSSE.

Donnant?....

ANDRÉA.

Sur le jardin.

CADEROUSSE.

Et va-t-il souvent à Auteuil, ton comte?

ANDRÉA.

Deux ou trois fois par semaine, après demain, par exemple, il doit y passer la journée et la nuit.

CADEROUSSE.

Et tu en es sûr?

ANDRÉA.

Il m'a invité à y aller dîner.

CADEROUSSE.

Tu iras?..

ANDRÉA.

Oui.

CADEROUSSE.

Et quand tu y dînes, y couches-tu?

ANDRÉA.

Quand cela me fait plaisir; je suis chez le comte comme chez moi.

CADEROUSSE.

Dis donc, Benedetto, le jour où tu tiendras ton héritage?...

ANDRÉA.

On se souviendra des amis.

CADEROUSSE.

Oui, avec cela que tu as de la mémoire..

ANDRÉA.

Que veux-tu, j'ai cru d'abord que tu voulais me rançonner.

CADEROUSSE.

Oh! quelle idée! Moi qui ne te donne, au contraire que des conseils d'ami.... Ah! ça, mais tu veux donc nous faire prendre, malheureux?

ANDRÉA.

Pourquoi cela?

CADEROUSSE.

Que tu viens me voir déguisé en domestique, et avec un pareil diamant au doigt, un diamant de deux-mille francs.

ANDRÉA.

Diable, tu estimes juste. Pourquoi ne te faistu pas commissaire-priseur?

CADEROUSSE.

C'est que je me connais en diamans; j'en ai eu.

ANDRÉA.

Oui, je te conseille de t'en vanter.

CADEROUSSE.

J'espère que tu ne vas pas t'en aller avec.

ANDRÉA.

Non, tu préfères que je le laisse ici, n'est-ce pas?

CADEROUSSE.

Je crois que c'est plus prudent. Est-ce qu'il serait faux?

ANDRÉA.

Essaie sur un carreau.... essaie.

CADEROUSSE essaie le diamant sur une vitre.

Que veux-tu, ces voleurs de joailliers imitent si bien les diamans à cette heure qu'on n'ose plus voler chez eux.... Encore une branche de commerce paralysée.

ANDRÉA.

Eh bien! tu le gardes?

CADEROUSSE.

Puisque tu me l'as donné.

ANDRÉA.

As-tu encore quelque chose à me demander? Te faut-il ma redingote? Veux-tu ma casquette? Ne te gêne pas, pendant que tu y es.

CADEROUSSE.

Non; tu es un bon camarade, au fond.

ANDRÉA.

Je puis m'en aller, alors?

CADEROUSSE.

Quand tu voudras. .. Attends que je te reconduise.

ANDRÉA.

Ce n'est pas la peine.

CADEROUSSE.

Si fait.

ANDRÉA.

Pourquoi cela?

CADEROUSSE.

Parce qu'il y a un petit secret à la porte. C'est une mesure de précaution que j'ai cru devoir ajouter... Serrure Huret et Fichet... revue et corrigée par Gaspard Caderousse... Je t'en confectionnerai une pareille quand tu seras capitaliste.

ANDRÉA.

C'est dit; je te ferai prévenir huit jours d'avance. (Il sort.)

SCÈNE IV.

CADEROUSSE, revenant prendre le plan.

Ce cher Benedetto, je crois qu'il ne sera pas fâché d'hériter, et que celui qui avancera le jour où il doit palper ses cinq cent mille livres ne sera pas son plus méchant ennemi!

(Il sort.)

ACTE TROISIÈME.

CINQUIÈME TABLEAU.

Même décor qu'au deuxième acte, moins le pavillon de droite. — La maison est remise à neuf.

SCÈNE I.

M. et Mme DANGLARS, puis MONTE-CRISTO, MORREL et DEBRAY.

Mme DANGLARS.

Oh! je ne me trompe pas! Mon Dieu! mon Dieu! après la maison, le jardin.

DANGLARS.

Eh bien! qu'avez-vous donc, baronne?

Mme DANGLARS.

Rien.

DANGLARS.

Alors, venez.

MONTE-CRISTO, arrivant avec Maximilien et Debray.

Excusez-moi, madame, mais c'est au seuil de la porte que j'eusse dû vous recevoir.... Je prenais le soleil avec ces messieurs. Mais qu'a donc madame Danglars, baron?

DANGLARS.

Est-ce que je sais cela, moi?

MONTE-CRISTO.

Elle semble souffrante.

DANGLARS.

Elle a ses nerfs, probablement.

MONTE-CRISTO.

Asseyez-vous donc, baronne.

Mme DANGLARS.

Merci.

BAPTISTIN, annonçant.

M. le major Cavalcanti, M. le comte Andréa Cavalcanti.

SCÈNE II.

LES MÊMES, LE MAJOR, ANDRÉA.

DANGLARS.

Voici les deux seigneurs italiens dont je vous ai parlé. Soyez aimable avec eux, je vous prie.

Mme DANGLARS.

J'y ferai mon possible, monsieur.

MAXIMILIEN à Debray.

Cavalcanti! Peste! un beau nom qui a son arbre généalogique dans la divine comédie.

DEBRAY.

C'est vrai, ces Italiens se nomment bien, mais ils s'habillent mal.

MORREL.

Vous êtes difficile, monsieur Debray, leurs habits sont tout flambants neufs.

DEBRAY.

Chut! les voici.

MONTE-CRISTO, à Mme Danglars.

Madame, voulez-vous me permettre d'empiéter sur les droits du baron, en vous présentant MM. Cavalcanti, qui essaient de manger, sans en venir à bout, une fortune fabuleuse?

DANGLARS.

Madame est déjà prévenue que ce sont des cliens que nous espérons voir devenir nos amis.

LE MAJOR.

Nous ne demandons pas mieux, monsieur le baron, je ne vous ai encore vu qu'une fois; mais vous m'avez reçu de manière...

DANGLARS.

Parbleu! je crois bien, je vous ai compte quarante mille francs.

MONTE-CRISTO.

Quarante mille francs! la belle bagatelle pour le major.

LE MAJOR.

C'est vrai! c'est vrai! mais je n'aime pas à avoir de trop fortes sommes à la maison.

ANDRÉA.

Ce cher père, il a toujours peur des voleurs. On lui a dit que Paris était une ville fertile en événemens désastreux, de sorte qu'il se resserre.

DANGLARS.

Mais il parle très bien français, le jeune vicomte.

MONTE-CRISTO.

Il a été élevé dans un collége du midi de la France, à Toulon, je crois; en tout cas, si votre père a peur des voleurs, comte, je vais le mettre en relation avec un magistrat.

ANDRÉA.

Ah! ah!

MONTE-CRISTO.

Auquel il pourra les dénoncer; c'est la terreur de ces messieurs.

BAPTISTIN, annonçant.

M. et Mme de Villefort.

SCÈNE III.

LES MÊMES, M. et Mme DE VILLEFORT.

MONTE-CRISTO.

Justement, le voici. (A Villefort.) Venez donc, monsieur, quoique votre promesse fût positive, je n'osais, en vérité, compter sur vous, et madame vous accompagne! en vérité, c'est un surcroît de bonheur.

VILLEFORT.

Monsieur le comte, vous ne devez pas douter du plaisir que nous avons à venir vous assurer une fois encore de notre reconnaissance.

MORREL.

O mon Dieu, les Villefort ici; mais il y a trois ou quatre jours à peine que Mme de Saint-Méran est morte.

DEBRAY.

Mme de Saint-Méran ne leur était rien. Mme de Saint-Méran était tout bonnement la mère de Mlle Renée de Saint-Méran, première femme de M. de Villefort et mère de Mlle Valentine.

Mme DE VILLEFORT.

Oh! la charmante retraite que vous vous êtes ménagée ici, monsieur.

MAXIMILIEN.

Et en huit jours, c'est un prodige. En huit jours, le comte a fait d'une vieille maison une maison neuve.

DEBRAY.

Oh! c'est bien vrai cela. Je me rappelle avoir été chargé de la visiter par un de mes ministres, qui avait des goûts classiques et qui voulait avoir une maison où Boileau en avait eu une; il y a de cela trois ou quatre ans, quand M. de Saint-Méran la mit en vente.

Mme DE VILLEFORT.

Ah! monsieur de Saint-Méran! voilà donc cette maison qui vous appartenait, monsieur, et où vous n'avez jamais voulu me conduire. Comment donc avez-vous vendu cette maison, monsieur, mais elle est charmante.

DEBRAY.

Ecoutez, je vous déclare que M. de Villefort a eu raison. Vous jugez la maison d'après ce qu'elle est et non d'après ce qu'elle était. Rien de plus triste que cette habitation, avec ses persiennes fermées, ses fenêtres closes, son jardin inculte, son herbe poussant dans les cours. En vérité, si elle n'eût pas appartenu au beau-père d'un magistrat, on eût pu la prendre pour une de ces maisons maudites, où un grand crime a été commis.

MONTE-CRISTO.

Eh bien! c'est bizarre, monsieur, mais la même idée m'est venue, à moi, la première fois que j'y suis entré. C'est au point que je ne l'eusse pas achetée, si mon intendant n'eût fait la chose pour moi et depuis...

VILLEFORT.

Depuis?...

MONTE-CRISTO.

Eh bien! M. de Villefort, j'ai acquis une certitude étrange, c'est que je ne m'étais pas trompé.

Mme DE VILLEFORT.

Prenez garde, monsieur le comte, ne parlez pas trop haut de crime, nous avons ici M. de Villefort.

MONTE-CRISTO.

Eh bien! puisque cela se rencontre ainsi, madame, je profiterai de la circonstance pour faire ma déclaration.

VILLEFORT.

Votre déclaration?

MONTE-CRISTO.

En face de témoins même.

DEBRAY.

Tout cela est fort intéressant, savez-vous, mesdames, et s'il y a réellement crime, rien ne manquera à notre dîner.

MONTE-CRISTO.

Il y a crime, je vous le répète: venez monsieur de Villefort, pour qu'une déclaration soit valable, il faut qu'elle soit faite aux autorités compétentes.

Mme DANGLARS.

Mon Dieu! mon Dieu! que va-t-il dire.

MONTE-CRISTO.

Imaginez-vous qu'ici, à cette place, pour rajeunir un peu ces arbres déjà vieux, j'ai fait creuser et mettre du terreau. Eh! bien mes travailleurs, en creusant, ont déterré un coffre, ou plutôt les ferrures d'un coffre, au milieu desquelles était le squelette d'un enfant nouveau né.

DEBRAY.

Un enfant nouveau-né, diable cela devient sérieux.

VILLEFORT.

Mais qui dit que c'est un crime?

MONTE-CRISTO.

Comment, un enfant enterré vivant dans ce jardin, ce n'est pas un crime! de quel nom appelez-vous donc cela, M. de Villefort?

VILLEFORT.

Mais qui dit qu'il ait été enterré vivant?

MONTE-CRISTO.

Pourquoi enterrer là un enfant mort? Ce jardin n'est point un cimetière.

LE MAJOR.

De quelle peine punit-on les infanticides dans ce pays-ci?

MONTE-CRISTO.

Je l'ignore, monsieur le major, je ne suis pas Français.

DANGLARS.

Pardieu! on leur tranche la tête tout bonnement.

MONTE-CRISTO.

Demandez à M. de Villefort, il sait cela, lui!

VILLEFORT.

Oui; on les punit de mort.

Mme DANGLARS.

Oh! messieurs, plus de ces horribles histoires, je vous prie, elles m'ont bouleversée.

MONTE-CRISTO, à madame de Villefort.

N'avez-vous pas un flacon de sels, madame?

Mme DE VILLEFORT.

Pourquoi cela?

MONTE-CRISTO.

Voyez donc la baronne, elle est prête à se trouver mal.

VILLEFORT, à Mme d'Anglars.

Il faut que je vous parle.

Mme DANGLARS.

Quand cela?

VILLEFORT.

Le plus tôt possible.

Mme DEVILLEFORT.

Qu'avez-vous donc, chère amie?

Mme DANGLARS.

Rien, un éblouissement, mais je me sens mieux.

MONTE-CRISTO.

Voulez-vous faire un tour du côté des serres, baronne, le parfum des fleurs vous remettra peut-être.

Mme DANGLARS.

Merci. Allez, je vous rejoins.

MONTE-CRISTO, à Mme de Villefort.

Accepterez-vous mon bras, madame? (Ils s'éloignent.)

DANGLARS, à Cavalcanti.

On dit, monsieur le major, que l'on va établir un chemin de fer de Livourne à Florence, avec embranchement sur Pise.

MONTE-CRISTO, se retournant.

Je crois bien, monsieur le major y est pour trois millions.

DANGLARS.

Vraiment! c'est donc une bonne affaire?

LE MAJOR.

Excellente.

ANDRÉA.

Le comte de Monte-Cristo vient de raconter là une histoire qui ressemble diablement à la mienne.

DEBRAY, à Mme Danglars.

Avez-vous besoin de moi?

Mme DANGLARS.

Non, laissez-moi, je vous prie.

DEBRAY.

Vous êtes arrivé sur un bien beau cheval, monsieur Morrel.

MORREL.

Oui, Médéah, vous avez remarqué, c'est une bête magnifique.

SCÈNE IV.

VILLEFORT, Mme DANGLARS.

VILLEFORT.

Vous êtes seule?

Mme DANGLARS.

Oui. Avez-vous entendu?

VILLEFORT.

Et vous, avez-vous compris?

Mme DANGLARS.

Si j'ai compris! Regardez-moi, monsieur, et voyez-moi pâle et tremblante.

VILLEFORT.

Il est donc vrai que toutes nos actions laissent leurs traces, les unes sombres, les autres lumineuses, au travers de notre passé? il est donc vrai que tous nos pas, dans cette vie, ressemblent à la marche du reptile sur le sable et font un sillon? Comment est-il ressuscité, ce passé terrible, comment, du fond de la tombe et du fond de nos cœurs où il dormait, vient-il de sortir comme un fantôme pour faire pâlir nos jours et rougir nos fronts?

Mme DANGLARS.

Le hasard, sans doute.

VILLEFORT.

Détrompez-vous, madame, il n'y a point de hasard.

Mme DANGLARS.

N'est-ce point par hasard que le comte de Monte-Cristo a acheté cette maison? n'est-ce point par hasard qu'il a fait creuser la terre? n'est-ce point par hasard, enfin, que ce malheureux enfant, pauvre créature, notre enfant, monsieur, à qui je n'ai pu donner un baiser, mais à qui j'ai donné bien des larmes, a été retrouvé là où vous l'aviez confié à la terre? Oh! toute mon âme a volé au devant du comte lorsqu'il a parlé de cette chère dépouille, ensevelie sous des fleurs.

VILLEFORT.

Eh! bien, madame, voilà justement ce que j'ai de terrible à vous dire, c'est qu'il n'y a pas eu d'enfant déterré. Non, il ne faut point pleurer; pleurer, c'est trop peu, il faut gémir, il faut trembler.

Mme DANGLARS.

Que voulez-vous dire, monsieur?

VILLEFORT.

Je veux dire que le comte de Monte-Cristo, en creusant sous ces arbres, n'a pu trouver, ni squelette d'enfant, ni ferrure de coffre, attendu qu'il n'y avait ni l'un ni l'autre.

Mme DANGLARS.

Ce n'est donc point là que vous aviez déposé cet enfant, monsieur, alors, pourquoi me tromper, dans quel but! Voyons, dites?

VILLEFORT.

Ecoutez-moi, je serai concis, car d'un moment à l'autre ils peuvent revenir, et je veux que vous sachiez tout.

Mme DANGLARS.

Vous m'épouvantez, mais n'importe, dites! dites!

VILLEFORT.

Vous vous rappelez cette nuit de douleurs, n'est-ce pas? cette nuit, châtiment de nos coupables amours. Vous aviez cherché asile dans ce pavillon, vous alliez devenir mère; seul, je vous assistais dans ce terrible moment; l'enfant naquit et me fut remis sans mouvement, sans souffle, sans voix, nous le crûmes mort...

Mme DANGLARS.

Il ne l'était donc pas?

VILLEFORT.

Ecoutez, nous le crûmes mort, je le mis dans un coffre, qui devait lui tenir lieu de cercueil, je descendis au jardin, je creusai une fosse, là! là! et je l'enfouis à la hâte. En ce moment, le bras de l'ennemi qui me guettait, le bras du Corse s'étendit vers moi, je vis comme une ombre se dresser, comme un éclair reluire, je sentis une douleur, je voulus crier, un frisson glacé courut partout mon corps, je tombai mourant, je me crus tué.

Mme DANGLARS.

C'est à ce moment, qu'ayant entendu votre cri, je m'élançai de mon lit et j'accourus.

VILLEFORT.

Oui, et je n'oublierai jamais votre sublime courage, c'est vous, qui aviez tant besoin de soins, c'est vous qui veillâtes sur moi; mais il fallait garder le silence sur la terrible catastrophe; vous eûtes la force de regagner votre maison, un duel fut le prétexte de ma blessure. Contre toute attente, le secret nous fut gardé; mais une chose me tourmentait: à travers le voile de sang qui couvrait mes yeux, il me semblait avoir vu l'assassin se baisser, prendre le coffre et s'enfuir avec lui; à peine eus-je la force de me tenir debout qu'une nuit, malgré ma répugnance à rentrer dans ce jardin, je revins. L'herbe, pendant les trois mois qui venaient de s'écouler, avait poussé très épaisse, néanmoins une place moins garnie indiquait celle où j'avais fouillé la terre; je me mis à l'œuvre et creusai à cette place: rien, je ne trouvai rien; je continuai de creuser, d'élargir le trou, rien! toujours rien. Le coffret n'y était plus.

Mme DANGLARS.

Le coffret n'y était plus!

VILLEFORT.

Je creusai jusqu'au matin, le jour vint que je creusais encore; mais rien! toujours rien!

Mme DANGLARS.

Oh! il y avait de quoi devenir fou!

VILLEFORT.

Je n'eus pas ce bonheur, au contraire, je rappelai toutes mes idées, toute ma raison.

Mme DANGLARS.

Eh bien?

VILLEFORT.

Eh bien? il me vient une idée affreuse, c'est qu'en emportant le coffre, l'assassin crut emporter un trésor et, qu'en ouvrant ce coffre, il y trouva un enfant, non pas mort, mais vivant!

Mme DANGLARS.

Un enfant vivant! Mais, alors... mon enfant vivait donc, monsieur, monsieur, s'il vit...

VILLEFORT.

Eh bien! madame, s'il vit, nous sommes perdus, voilà tout.

Mme DANGLARS.

Comment cela?

VILLEFORT.

S'il vit, quelqu'un le sait, ce quelqu'un a notre secret, et puisque M. de Monte-Cristo a acheté cette maison, puisqu'il nous a invités à y venir, puisqu'il a parlé devant nous d'un enfant déterré, là où cet enfant ne pouvait être, ce secret, c'est lui qui l'a.

Mme DANGLARS.

Dieu juste! Dieu vengeur!

VILLEFORT.

Silence! le voilà.

SCÈNE V.

LES MÊMES, MONTE-CRISTO, Mme de VILLEFORT, CAVALCANTI, ANDRÉA, DEBRAY, MAX.

Mme DE VILLEFORT.

Eh bien! chère amie, vous trouvez-vous mieux?

Mme DANGLARS.

Oh! bien, parfaitement bien.

BAPTISTIN, sur le perron.

Son excellence est servie.

BERTUCCIO, remettant un billet à Monte-Cristo.

Très pressé, excellence!

MONTE-CRISTO.

Morrel, offrez donc le bras à madame de Villefort; monsieur de Villefort, faites-vous le cavalier de madame Danglars; monsieur Danglars, je vous recommande MM. Cavalcanti. (Chacun s'arrange et monte le perron; à Bertuccio) Qui t'a remis cette lettre?

BERTUCCIO.

Un commissionnaire, mais il a dit qu'elle était très pressée.

MONTE-CRISTO, lisant.

« M. le comte de Monte-Cristo est prévenu » que cette nuit même un homme s'introduira chez lui, à Paris, pour soustraire des » papiers importans qu'il croit enfermés dans » le secrétaire de sa chambre à coucher. On » sait M. le comte de Monte-Cristo assez » brave pour se faire justice lui-même sans » recourir à l'intervention de la police, intervention qui pourrait compromettre gravement celui qui lui donne cet avis. » C'est bien, monsieur Bertuccio, tout le monde couche ce soir ici. Je passerai la nuit à ma maison de Paris, avec Ali seulement. (Rentrant.) Ah! diable! voilà un incident que je n'avais pas prévu.

SIXIÈME TABLEAU.

Chez Monte-Cristo. — La chambre à coucher d'un côté, le cabinet de l'autre.

SCÈNE I.

MONTE-CRISTO, ALI.

MONTE-CRISTO, dans le cabinet.

On ne veut pas me voler, on veut m'assassiner. Ce ne sont pas des voleurs, ce sont des meurtriers, soit. Je ne veux pas que M. le préfet de police se mêle de mes affaires particulières. Je suis assez riche pour dégrever en ceci le budget de son administration. C'est toi, Ali? (Ali fait signe que oui.) Pose là ces armes; bien. Arrache les gâches de cette porte. Ah! ah! l'heure sonne. Ce doit être onze heures. (Il regarde à sa montre.) Oui. (Ali vient à Monte-Cristo et l'appelle vers la fenêtre à gauche du spectateur.) Ah! oui, un homme, un homme caché dans un angle de la ruelle. C'est sans doute notre voleur. (Pendant ce temps on entend claquer une vitre. Ali fait signe à Monte-Cristo qu'il se passe quelque chose dans la chambre à côté.) Ah! ils sont deux! (Il ferme la porte dont Ali enlève les gâches, et soulève la toile d'un tableau, ce qui lui permet de voir d'une chambre dans l'autre. Caderousse colle un papier contre le carreau, l'enfonce, passe son bras, ouvre la fenêtre, et entre.) Voilà un hardi coquin, par exemple. C'est lui qui agira, l'autre guette.

(Il fait signe à Ali de ne pas perdre de vue l'autre homme.)

SCÈNE II.

LES MÊMES, CADEROUSSE.

CADEROUSSE.

Ah! ah! nous y voilà. Le plan du petit, il était exact. Pas de piéges à loup, pas de chiens. Au premier, la chambre à coucher: nous voilà dans la chambre à coucher. Voyons, est-ce bien ici? Le secrétaire à gauche, du même côté que la fenêtre. Eh! le voilà!

MONTE-CRISTO.

Décidément, est-ce un assassin, est-ce un voleur?

CADEROUSSE.

Voyons, commençons par fermer les portes; les portes fermées, on est chez soi. (Il va pousser les verrous, et ne s'apercevant pas que les gâches ont été enlevées, il croit avoir fermé la porte.) Maintenant, comme il n'y a pas de clef, il va falloir lui jouer un air à cette petite serrure.

MONTE-CRISTO.

Ce n'est qu'un voleur.

CADEROUSSE.

Décidément, il faut un peu de clarté.

(Il tire une lanterne sourde de sa poche, et examine ses rossignols.)

MONTE-CRISTO.

Mais je ne me trompe pas, c'est... (Ali présente une arme à Monte-Cristo.) Ne bouge pas, et laisse là ta hache, nous n'avons pas besoin d'armes, ici.

(Il ôte vivement sa redingote et son gilet, on voit alors briller sa poitrine, et tire d'une armoire une soutane, un chapeau de prêtre, le costume du père Busoni, enfin.)

CADEROUSSE.

Je crois que voilà mon affaire. Ah! ah! voyons, petite serrure, ma mie, ne fais pas trop la difficile: c'est un ami, voyons! Ah! ce n'est pas bien cela, tu sais que je ne voudrais pas me fâcher.

MONTE-CRISTO, s'habillant.

Oui, oui, va, tu les y useras tous les uns après les autres avant d'y arriver.

CADEROUSSE.

Oh! oh! celui qui a fabriqué cette serrure était un malin, je lui signerai son brevet quand il voudra. Mais, trou de l'air, elle ne s'ouvrira donc pas, cette maudite serrure!

MONTE-CRISTO, à Ali.

Demeure ici, et quelque chose qui se passe, quelque bruit que tu entendes, n'entre et ne te montre que si je t'appelle par ton nom.

MONTE-CRISTO, déguisé en moine, une bougie à la main, entre dans la chambre où travaille Caderousse. Caderousse voit la chambre qui s'éclaire, et se retourne.)

CADEROUSSE, se retournant.

Le père Busoni!

MONTE CRISTO.

Eh bien! sans doute, le père Busoni lui-même, en personne. Et je suis bien aise que vous me reconnaissiez, mon cher monsieur Caderousse, cela prouve que vous avez bonne mémoire: car, si je ne me trompe, voilà tantôt dix ans que nous ne nous sommes vus.

CADEROUSSE.

Mon père! mon père!

MONTE-CRISTO.

Eh bien, nous venons donc voler le comte de Monte-Cristo?

CADEROUSSE.

Mon père, je vous prie de croire... Mon père, je vous jure...

MONTE-CRISTO.

Un carreau coupé, une lanterne sourde, un trousseau de rossignols, un secrétaire à demi-forcé; allons! je vois que vous êtes toujours le même, monsieur l'assassin! Vous avez donc fini votre temps que je vous vois en train de vous faire reconduire d'où vous venez?

CADEROUSSE.

Mon père, je n'avais pas fini mon temps.

MONTE-CRISTO.

Comment êtes-vous ici, au lieu d'être là-bas, alors; à Paris, au lieu d'être à Toulon?

CADEROUSSE.

Mon père, j'ai été délivré par quelqu'un.

MONTE-CRISTO.

Ce quelqu'un là a rendu un fameux service à la société; ainsi vous êtes forçat évadé?

CADEROUSSE.

Hélas! oui, mon père.

MONTE-CRISTO.

Mauvaise récidive, cela vous conduira tout droit à la place Saint-Jacques, mon cher monsieur Caderousse.

CADEROUSSE.

Mon père je cède à un entraînement.

MONTE-CRISTO.

Tous les criminels disent cela.

CADEROUSSE.

Le besoin.

MONTE-CRISTO.

Laissez donc, le besoin ne peut pas conduire un homme à venir forcer un secrétaire, et quand le bijoutier Joannès venait de vous faire compter quarante-cinq mille francs en échange du diamant que je vous avais donné, et que vous l'avez tué pour avoir l'argent et le diamant, est-ce aussi le besoin?

CADEROUSSE.

Pardon, mon père, vous m'avez déjà sauvé une première fois, sauvez-moi encore une seconde.

MONTE-CRISTO.

Cela ne m'encourage pas, vous comprenez bien.

CADEROUSSE.

Etes-vous seul, mon père, ou bien avez vous là des gendarmes tout prêts à me prendre?

MONTE-CRISTO.

Je suis seul et j'aurai encore pitié de vous et je vous laisserai aller au risque des nouveaux malheurs que peut entraîner ma faiblesse, si vous me dites toute la vérité.

CADEROUSSE.

Oh! mon père, je puis bien dire que vous êtes mon sauveur, vous.

MONTE-CRISTO.

Comment vous êtes-vous évadé du bagne?

CADEROUSSE.

Eh bien, voilà; nous travaillions à Saint-Mandrier, près de Toulon. Connaissez-vous Saint-Mandrier?

MONTE-CRISTO.

Oui.

CADEROUSSE.

Eh bien! pendant qu'on dormait, de midi à une heure...

MONTE-CRISTO.

Des forçats qui font la sieste, plaignez, donc ces gaillards-là !

CADEROUSSE.

Dam! on ne peut pas toujours travailler-on n'est pas des chiens...

MONTE-CRISTO.

Heureusement pour les chiens.

CADEROUSSE.

Pendant donc qu'on faisait la sieste, nous nous sommes éloignés un peu, nous avons scié nos fers avec une lime que nous avait donnée un Anglais, et nous nous sommes sauvés à la nage.

MONTE-CRISTO.

Et qu'est devenu votre compagnon?

CADEROUSSE.

Benedetto?

MONTE-CRISTO.

Ah! il se nommait Benedetto?

CADEROUSSE.

Oui, ce qu'il est devenu, je n'en sais rien, nous nous sommes séparés à Hyères, et ne nous sommes pas revus depuis.

MONTE-CRISTO.

Vous mentez.

CADEROUSSE.

Mon père!

MONTE-CRISTO.

Cet homme est encore votre ami, votre complice, peut-être.

CADEROUSSE.

Oh! mon père!

MONTE-CRISTO.

Depuis que vous avez quitté Toulon, comment avez-vous vécu? répondez!

CADEROUSSE.

Comme j'ai pu.

MONTE-CRISTO.

Vous mentez, vous avez reçu de l'argent qu'il vous a donné.

CADEROUSSE.

Eh bien! c'est vrai. Benedetto est devenu le fils d'un grand seigneur.

MONTE-CRISTO.

Et comment nommez-vous ce grand seigneur?

CADEROUSSE.

Le comte de Monte-Cristo, celui-là chez qui nous sommes.

MONTE-CRISTO.

Benedetto, le fils du comte?

CADEROUSSE.

Dam! il faut bien le croire, puisque le comte lui a trouvé un faux père, puisque le comte lui fait quatre mille francs par mois, puisque le comte lui laisse cinq cent mille francs par son testament.

MONTE-CRISTO.

Ah! ah! je commence à comprendre, et quel nom porte-t-il?

CADEROUSSE.

Il s'appelle Andréa Cavalcanti.

MONTE-CRISTO.

Alors c'est ce jeune homme que le comte de Monte-Cristo reçoit chez lui et qui va épouser mademoiselle Danglars?

CADEROUSSE.

Justement.

MONTE-CRISTO.

Et vous souffrez cela, misérable, vous qui connaissez sa vie et ses flétrissures?

CADEROUSSE.

Pourquoi voulez-vous que j'empêche un camarade de réussir?

MONTE-CRISTO.

C'est juste! ce n'est pas à vous de prévenir M. Danglars, c'est à moi.

CADEROUSSE.

Ne faites pas cela, mon père.

MONTE-CRISTO.

Et pourquoi?

CADEROUSSE.

Parce que c'est notre pain que vous nous ferez perdre.

MONTE-CRISTO.

Et vous croyez que pour conserver le pain à des misérables comme vous, je me ferai complice de leurs crimes?

CADEROUSSE.

Mon père!

MONTE-CRISTO.

Je dirai tout.

CADEROUSSE.

A qui?

MONTE-CRISTO.

A M. Danglars.

CADEROUSSE, frappant Monte-Cristo d'un coup de couteau.

Trou de l'air, tu ne diras rien; ah! mille tonnerres, il est cuirassé.

MONTE-CRISTO plie Caderousse sous lui et lui met le pied sur la tête.

Je ne sais qui me retient de te briser le crâne, scélérat!

CADEROUSSE.

Grâce! grâce!

MONTE-CRISTO.

Relève-toi.

CADEROUSSE.

Tu Dieu! quel poignet vous avez, mon père.

MONTE-CRISTO.

Silence! Dieu me donne la force de dompter une bête féroce comme toi. Souviens-toi de cela, misérable, et t'épargner en ce moment est encore servir les desseins de Dieu!

CADEROUSSE.

Ouf!

MONTE-CRISTO.

Prends cette plume et ce papier, et écris ce que je vais te dicter.

CADEROUSSE.

Je ne sais pas écrire.

MONTE-CRISTO.

Tu mens. Prends cette plume et écris.

CADEROUSSE.

J'écris.

MONTE-CRISTO, dictant.

« Monsieur, l'homme à qui vous destinez » votre fille est un ancien forçat échappé avec » moi du bagne de Toulon; il portait le nº 59 » et moi le nº 58. Il se nomme Benedetto; mais » il ignore son véritable nom n'ayant jamais » connu ses parents. » Signe.

CADEROUSSE.

Mais vous voulez donc me perdre?

MONTE-CRISTO.

Si je voulais te perdre, imbécile, je te traînerais jusqu'au premier corps-de garde. D'ailleurs, à l'heure où le billet sera rendu à son adresse, il est probable que tu n'auras plus rien à craindre. Signe donc.

CADEROUSSE signe.

Voilà.

MONTE-CRISTO.

L'adresse maintenant. « A monsieur le baron Danglars, rue de la Chaussée-d'Antin. » (Il prend le billet.) C'est bien. Va-t-en maintenant.

CADEROUSSE

Par où?

MONTE-CRISTO.

Par où tu es venu.

CADEROUSSE.

Vous voulez que je sorte par cette fenêtre?

MONTE-CRISTO.

Tu es bien entré.

CADEROUSSE.

Vous méditez quelque chose contre moi, mon père.

MONTE-CRISTO.

Imbécile! que veux-tu que je médite?

CADEROUSSE.

Pourquoi ne pas m'ouvrir la porte?

MONTE-CRISTO.

A quoi bon réveiller le concierge?

CADEROUSSE.

Mon père, dites que vous ne voulez pas ma mort.

MONTE-CRISTO.

Je veux ce que Dieu veut.

CADEROUSSE.

Jurez-moi que vous ne me frapperez point tandis que je descendrai.

MONTE-CRISTO.

Sot et lâche que tu es.

CADEROUSSE.

Dites tout de suite ce que vous voulez faire de moi.

MONTE-CRISTO.

J'en ai voulu faire un homme heureux, et je ne suis parvenu qu'à en faire un assassin.

CADEROUSSE.

Mon père, tentez une dernière épreuve.

MONTE-CRISTO.

Soit, tu sais que je suis homme de parole!

CADEROUSSE.

Oh! oui.

MONTE-CRISTO.

Ecoute. Si tu rentres chez toi sain et sauf...

CADEROUSSE.

A moins que ce ne soit de vous. Qu'ai-je à craindre?

MONTE-CRISTO.

Si tu rentres chez toi sain et sauf, quitte Paris, quitte la France, et partout où tu seras, tant que tu te conduiras honnêtement, je te ferai passer une petite pension; car si tu rentres chez toi sain et sauf....

CADEROUSSE.

Eh bien?

MONTE-CRISTO.

Je croirai que Dieu t'a pardonné, et je pardonnerai aussi.

CADEROUSSE.

Vrai! comme vous me faites mourir de peur, mon père!

MONTE-CRISTO, lui montrant la fenêtre.

Allons! va-t'en! (Caderousse met le pied sur l'échelle.) Maintenant, descends.

(Il s'approche de Caderousse et l'éclaire.)

CADEROUSSE.

Que faites-vous? S'il passait une patrouille.

SCÈNE III.

MONTE-CRISTO, ALI.

(Ali vient toucher l'épaule de Monte-Cristo. Tous deux passent dans l'autre chambre, regardent un instant à l'autre fenêtre.)

MONTE-CRISTO.

Oui, je m'en doutais, cet autre homme qui guette, c'est Andréa; c'est lui qui m'avait écrit espérant que je tuerais le voleur sans explication, et qu'ainsi il serait débarrassé d'un complice, et comme je ne l'ai pas tué, c'est lui-même qui va..

CADEROUSSE, du dehors.

Au secours! au meurtre! à l'assassin. Ah!

MONTE-CRISTO.

Ali, va chercher cette homme et apporte-le ici.

SCÈNE IV.

MONTE-CRISTO, seul.

O providence! providence!

SCÈNE V.

MONTE-CRISTO, ALI, CADEROUSSE.

CADEROUSSE.

Ah! à moi! au secours!

MONTE-CRISTO.

Qu'y a-t-il?

CADEROUSSE.

A moi! au secours! on m'a assassiné! Oh! quels coups! Oh! que de sang!

MONTE-CRISTO.

Ali, va chercher M. de Villefort et en même temps ramène un médecin. (Ali sort.)

CADEROUSSE.

Oui, un médecin, un médecin. Je sais bien qu'il ne me sauvera point la vie; mais, peut-être, me donnera-t-il des forces pour faire ma déclaration. Je veux faire ma déclaration.

MONTE-CRISTO.

Sur quoi?

CADEROUSSE.

Sur mon assassin!

MONTE-CRISTO.

Vous le connaissez donc?

CADEROUSSE.

Oui, je le connais; c'est Benedetto. Oh! qu'il vienne donc quelqu'un à qui je puisse dénoncer le misérable.

MONTE-CRISTO.

Voulez-vous que j'écrive votre déposition? vous la signerez.

CADEROUSSE.

Oh! oui! oui!

MONTE-CRISTO, écrivant.

« Je meurs assassiné par mon compagnon » de chaine, à Toulon, sous le no 59; il s'ap- » pelle Benedetto. »

CADEROUSSE.

Dépêchez-vous! dépêchez-vous! je ne pourrai plus signer, (il signe.) Vous raconterez le reste, mon père; car vous saviez tout..

MONTE-CRISTO.

Oui, je savais tout.

CADEROUSSE.

Et vous ne m'avez point averti! Vous saviez que j'allais être tué en sortant d'ici, et vous ne m'avez pas averti!

MONTE-CRISTO.

Non! car dans la main de Benedetto, je voyais la justice de Dieu!

CADEROUSSE.

Oh! la justice de Dieu! Vous croyez donc à la justice de Dieu, vous?

MONTE-CRISTO.

Si j'avais eu le malheur de n'y pas croire jusqu'aujourd'hui, j'y croirais en te voyant.

CADEROUSSE, levant les poings au ciel.

Oh!

MONTE-CRISTO.

Tu nies la Providence. Eh bien! la preuve qu'il y en a une, c'est que tu es là gisant, désespéré, reniant Dieu, et que moi je suis debout devant toi, riche, heureux, sain et sauf, joignant les mains vers ce Dieu auquel tu essaies de ne pas croire, et qui t'épouvante cependant au fond du cœur.

CADEROUSSE.

Mais qui êtes-vous donc alors?

MONTE-CRISTO, approchant la bougie de son visage.

Regarde-moi bien.

CADEROUSSE.

Eh bien! le père Busoni. Après?

MONTE-CRISTO, arrachant son capuchon.

Regarde!

CADEROUSSE.

Le comte de Monte-Cristo, que j'ai vu au Télégraphe.

MONTE-CRISTO.

Je ne dois être pour toi ni le père Busoni, ni le comte de Monte-Cristo. Regarde bien... Cherche plus loin dans tes souvenirs... Regarde! regarde!

CADEROUSSE.

En effet, il me semble que je vous ai vu déjà, il y a longtemps; que je vous ai connu autrefois; que je vous...

MONTE-CRISTO.

Oui tu m'as vu; oui tu m'as connu; oui tu m'as trahi.

CADEROUSSE.

Attendez! attendez donc!... Les allées de Meilhan... L'auberge de la Réserve... Le Pharaon... Vous êtes... vous êtes... vous êtes Edmond Dantès.

MONTE-CRISTO.

Crois-tu maintenant?

CADEROUSSE.

Je crois... je crois... Mon Dieu, Seigneur!

pardonnez-moi de vous avoir renié... Mon Dieu, Seigneur, vous êtes bien le père et le juge des hommes sur la terre... Mon Dieu, Seigneur, pardonnez-moi. Je meurs! je meurs!

(Il tombe mort.)

MONTE-CRISTO.

Mort!

SCÈNE VI.

MONTE-CRISTO, VILLEFORT, D'AVRIGNY.

VILLEFORT.

Vous nous avez appelés, monsieur le comte?

MONTE-CRISTO.

Oui, mais vous arrivez trop tard.

D'AVRIGNY.

Mort!

MONTE-CRISTO.

Voilà ce qu'il a écrit avant de mourir; le nez!

VILLEFORT, après avoir lu.

Caderousse! Cet homme se nomme Caderousse!

MONTE-CRISTO.

Il paraît. Le connaissez-vous donc, monsieur de Villefort?

VILLEFORT.

Non! non! (A part.) Encore un souvenir de l'innocent que j'ai fait condamner à Marseille. Faites votre procès-verbal, monsieur d'Avrigny. Moi, je vais donner des ordres pour qu'on poursuive l'assassin.

MONTE-CRISTO, le regardant.

Mon Dieu! votre justice se fait parfois attendre, mais alors elle ne descend du ciel que plus complète.

ACTE QUATRIÈME.

SEPTIÈME TABLEAU.

Le cabinet de Monte-Cristo.

SCÈNE I.

MONTE-CRISTO, assis dans une galerie de tableaux; une carte géographique est déployée sur une table; BERTUCCIO se tient debout près de lui.

MONTE-CRISTO.

Monsieur, les affaires qui m'ont amené à Paris s'avancent; il se peut que je parte d'un moment à l'autre. Je veux, à partir d'aujourd'hui, des relais de six lieues en six lieues sur la route du Nord et sur la route du Midi, attendu que je ne sais pas encore laquelle des deux routes je prendrai. Allez! (Bertuccio rencontre Baptistin.) Qu'y a-t-il?

BERTUCCIO.

M. de Villefort qui fait demander si Son Excellence est visible.

MONTE-CRISTO.

Allons, voilà votre tremblement qui vous reprend; passez par ici, voyons, j'ai pitié de vous. (Il fait sortir Bertuccio par le côté. A Baptistin.) Introduisez M. de Villefort.

SCÈNE II.

MONTE-CRISTO, VILLEFORT.

VILLEFORT.

Je vous demande pardon, monsieur le comte, de vous déranger; mais vous comprenez qu'après l'événement dont vous avez failli être la victime, j'aurai plus d'une fois besoin de recourir à vous pour des renseignemens.

MONTE-CRISTO.

Monsieur, je suis à vos ordres.

VILLEFORT.

Je ne vous dérange pas?

MONTE-CRISTO.

Non, monsieur, vous le voyez, je voyageais.

VILLEFORT.

Sur la carte. Monsieur, je voulais vous demander si vous ne pouviez pas ajouter sur l'assassin de votre assassin quelques renseignemens qui nous aident à le reconnaître.

MONTE-CRISTO.

Est-ce que la police ne le tient pas encore?

VILLEFORT.

Elle croit être sur ses traces, monsieur.

MONTE-CRISTO.

Diable, monsieur! ses traces peuvent la mener loin, si l'assassin a toujours couru depuis le moment de l'assassinat; je croyais cependant que, grâce aux deux billets qu'avait écrits le mourant, c'était chose facile que de mettre la main sur ce jeune Corse.

VILLEFORT.

Deux billets, monsieur, je n'ai connaissance que d'un seul: en avait-il écrit deux?

MONTE-CRISTO.

Comment, je ne vous ai pas remis deux billets?

VILLEFORT.

Non, je vous jure.

MONTE-CRISTO.

Excusez-moi, monsieur, j'étais troublé sans doute; comment donc ai-je fait cela? Mais je suis certain, en vérité, qu'il y avait un second billet, un billet qui contenait l'adresse et même le nom du jeune homme, car c'était un jeune homme!

VILLEFORT.

Oh! monsieur, ce billet est de la plus haute importance, il faut, vous le comprenez bien, que ce billet se retrouve.

MONTE-CRISTO.

Comment donc? Aussi se retrouvera-t-il, j'en suis bien sûr. Je le ferai bien chercher, monsieur... Mais pardon, je crois que l'on m'appelle!

VILLEFORT.

Faites, monsieur, faites...

SCÈNE III.

LES MÊMES, MORREL.

MORREL.

Monsieur le comte! monsieur le comte!

MONTE-CRISTO, courant à lui.

Morrel, qu'y a-t-il?

MORREL.

Ah! monsieur le comte!... si vous saviez!... quel malheur!

VILLEFORT.

Un malheur!... vous sortez de chez moi!

MORREL, stupéfait.

M. de Villefort!

VILLEFORT.

Parlez, monsieur! parlez!

MORREL.

Oui, monsieur, j'étais chez vous... Je venais...

VILLEFORT.

Eh bien!

MORREL.

Monsieur!... Barrois, le vieux domestique... il s'appelle Barrois.

VILLEFORT.

Barrois! oui ..

MORREL.

Il a été pris d'un mal subit; il s'est évanoui, il est mort.

VILLEFORT.

Mort! mort! oh! (Il s'élance).

MORREL.

Mais ce n'est pas tout, monsieur! ce n'est pas tout!

MONTE-CRISTO.

Qu'y a-t-il donc?

VILLEFORT.

Ce n'est pas tout?

MORREL.

Une autre personne!... (à lui-même). Oh! mon Dieu! pourquoi est-il là?

VILLEFORT.

Une autre personne, dites-vous?

MORREL.

Mademoiselle Valentine, monsieur, elle vient de perdre connaissance; elle est tombée inanimée.

VILLEFORT.

Ma fille! Ma fille!... aussi... Oh! qu'allais-je dire?... (se remettant) d'effroi sans doute, de saisissement.

MORREL.

Je ne sais, monsieur, mais pour Barrois et mademoiselle Valentine, mêmes symptômes, des vertiges, des déchiremens, des convulsions... Mlle Valentine souffre bien, monsieur (Il suffoque).

VILLEFORT.

Oh! mais c'est trop!... n'est-ce pas, messieurs!... Trois morts, coup sur coup, dans cette maison... et Valentine!... Valentine qui souffre!... On dirait que ma maison est maudite... Excusez-moi, messieurs, excusez-moi!... Je ne sais plus ce que je dis!... Je ne sais plus ce que je fais!... adieu! (Il sort égaré).

SCÈNE IV.

MONTE-CRISTO, MORREL.

MONTE-CRISTO.

L'œuvre a marché. Eh bien, Maximilien, qu'y a-t-il? vous êtes pâle, votre front ruisselle de sueur.

MORREL.

Comte, nous sommes seuls, n'est-ce pas?

MONTE-CRISTO.

Oui.

MORREL.

Comte! devant le malheureux père, je n'ai rien pu vous dire, comte; Barrois est empoisonné, Valentine est empoisonnée.

MONTE-CRISTO.

Etes-vous fou, Morrel?

MORREL.

Je vous dis que toutes ces morts ne sont point naturelles, je vous dis qu'il y a dans tout cela quelqu'œuvre infernale, dont personne n'a le secret, excepté M. de Villefort, M. d'Avrigny et moi...

MONTE-CRISTO.

Comment, vous, Morrel?

MORREL.

Ecoutez, le soir de la mort de madame de

Saint-Méran, le soir même où vous êtes venu dans la maison, j'étais caché dans un massif; j'ai entendu M. d'Avrigny dire.

MONTE-CRISTO.

Eh bien?

MORREL.

Dire que cette mort, qu'il fallait l'attribuer au poison.

MONTE-CRISTO.

Ah! et M. de Villefort laisse empoisonner comme cela chez lui, sans s'en inquiéter autrement? Je le croyais plus sévère que cela, notre magistrat.

MORREL.

Oui, mais cette fois, sans doute, il va s'émouvoir, car cette fois, M. d'Avrigny s'est non-seulement expliqué tout haut sur le genre de mort, mais encore il a nommé le poison.

MONTE-CRISTO.

Et quel poison a-t-il nommé?

MORREL.

Tenez, de peur de l'oublier je l'ai écrit sur mes tablettes. Lisez.

MONTE-CRISTO.

Ah! diable.

MORREL.

Ce poison est donc bien dangereux, comte?

MONTE-CRISTO.

Mortel!

MORREL.

Mortel... O mon Dieu, que me dites-vous là?

MONTE-CRISTO.

Que vous importe donc, à vous, Morrel, les malheurs qui frappent M. de Villefort, un ange exterminateur semble désigner cette maison à la colère du seigneur, qui vous dit que ce n'est point la colère de Dieu, mais sa justice, qui se promène dans cette maison. Maximilien, Maximilien, détournez la tête, croyez-moi, et laissez passer la justice de Dieu.

MORREL.

Mais comte, comte! Comprenez donc que je viens à vous au contraire pour sauver ce qui reste vivant de cette malheureuse maison, pour sauver Valentine qui va mourir.

MONTE-CRISTO.

Sauver Valentine! eh! que m'importe à moi, qu'une jeune fille que je ne connais pas, que j'ai aperçue à peine, meure ou vive? Que m'importe!... assassin ou victime, dans la maison de M. de Villefort, je n'ai pas de préférence.

MORREL.

Mais moi, moi, comte, je l'aime!

MONTE-CRISTO, bondissant.

Vous aimez qui?

MORREL.

J'aime éperdûment, j'aime en insensé, j'aime en homme qui donnerait tout son sang pour lui épargner une larme, j'aime Valentine de Villefort, qu'on assassine en ce moment, entendez-vous bien, je l'aime et je demande à Dieu et à vous, comment il faut faire pour la sauver.

MONTE-CRISTO.

Oh! malheureux! malheureux! tu aimes Valentine, cette fille d'une race maudite. Oh! oh! oh! et tu ne m'as pas prévenu!

MORREL.

Comte! comte! je ne vous comprends pas.

MONTE-CRISTO.

Oh! moi qui regardais, spectateur impassible et curieux, moi qui regardais le développement de cette lugubre tragédie, moi qui, pareil au mauvais ange, riais peut-être du mal que font les hommes, voilà, voilà qu'à mon tour je me sens mordu par le serpent dont je regardais la marche tortueuse, et mordu au cœur.

MORREL.

Comte!

MONTE-CRISTO.

Allons ne perdons pas de temps: dites-moi comment cela est arrivé, dites-moi où en est valentine?

MORREL.

Valentine a demandé, il y a une demi-heure, un verre d'eau sucrée qui lui a été apporté par la femme de chambre de madame de Villefort; elle y a trempé ses lèvres à peine, et trouvant un goût amer à cette eau, l'a rendue, à la femme de chambre, qui l'a déposée dans le vestibule. En ce moment Barrois revenait d'une course, il avait très chaud, il a trouvé le verre il l'a vidé, voilà comment lui est mort et comment l'autre va peut-être mourir.

MONTE-CRISTO.

Rien n'est perdu puisqu'elle vit.

MORREL.

Faites attention, comte, que vous avez dit que rien n'était perdu.

MONTE-CRISTO.

Retournez tranquillement chez vous, Maximilien, je vous commande de ne pas faire un pas, de ne pas tenter une démarche, de ne pas laisser flotter sur votre visage l'ombre d'une préoccupation.

MORREL.

Ah! mon ami, sauvez Valentine.

MONTE-CRISTO.

J'ai besoin d'être seul. Allez.

SCÈNE V.

MONTE-CRISTO. (Il frappe deux fois sur un timbre.)

Bertuccio!

MONTE-CRISTO.

Monsieur Bertuccio, faites appeler mon architecte, il a le plan de la maison voisine de celle-ci il faut qu'il me fasse une porte derrière ce tableau. Le reste me regarde. Je désire trouver la chose faite dans deux heures, vous entendez ?

BERTUCCIO, saluant.

Oui, monsieur le comte !

HUITIÈME TABLEAU.

La chambre de Valentine.

SCÈNE I.

VALENTINE, couchée.

Mme DANGLARS, entrant.

Soyez tranquille, je ne reste que cinq minutes, le temps de lui demander de ses nouvelles et de lui faire tous les complimens d'Eugénie. Mais où est-elle donc?

VALENTINE, écartant le rideau avec sa main.

Ici, chère madame.

Mme DANGLARS.

Vous gardez le lit, ma belle, oh! mon Dieu, c'est ce que l'on m'avait dit, aussi ai-je voulu, si tard qu'il soit, entrer et vous embrasser. Mais, qu'avons-nous donc ?

VALENTINE.

Depuis la dernière visite que vous avez bien voulu nous faire, je suis souffrante.

Mme DANGLARS.

Vous avez la fièvre ?

VALENTINE.

Et même parfois du délire. Oh! c'est un état étrange, allez! Il me semble que je vois la nuit les personnes que j'ai l'habitude de voir le jour, alors les meubles deviennent mobiles, les portes s'ouvrent sans bruit, les murailles elles-mêmes semblent craquer. Je vois entrer des ombres qui s'approchent de mon lit, qui s'en éloignent, les unes menaçantes, les autres avec le sourire sur les lèvres.

Mme DANGLARS.

Mais dormez-vous ou veillez-vous pendant ces visions?

VALENTINE.

Je ne sais, madame, mon état tient à la fois de la veille et du sommeil.

LA GARDE.

Mademoiselle, voici votre potion pour la nuit. C'est M. d'Avrigny qui vous l'envoie. Il l'a préparée lui-même, et, vous le voyez, le cachet est intact.

VALENTINE.

Merci, ma bonne.

Mme DANGLARS.

Oh! que de précautions, ma chère enfant.

VALENTINE.

Vous savez combien M. d'Avrigny nous aime, et il veut absolument que je vive.

Mme DANGLARS.

Il a bien raison, et nous aussi, mon enfant, nous voulons que vous viviez. Dépêchez-vous donc de guérir, et, en attendant, au lieu de faire tous ces vilains rêves que vous dites, dormez, chère enfant, dormez !

LA GARDE.

Avez-vous encore besoin de moi, mademoiselle?

VALENTINE.

Non, de la nuit, madame

Mme DANGLARS.

Bonne nuit, chère Valentine.

VALENTINE.

Bonsoir.

SCÈNE II.

VALENTINE, seule.

Bonne nuit! Oui, la nuit serait bonne, si, au milieu de toutes ces ombres que la fièvre secoue autour de moi, je voyais apparaître mon pauvre Maximilien. Pourquoi donc toutes ces précautions de M. d'Avrigny, ces bouteilles cachetées, ces potions préparées par lui-même! Onze heures et demie. Mon Dieu ! mon Dieu! voilà la fièvre qui me prend... Cette bibliothèque, il me semble qu'elle s'ouvre, que quelqu'un en sort, qu'une ombre s'avance vers mon lit. Buvons, quand j'ai bu, pendant un instant, je souffre moins.

SCÈNE III.

VALENTINE, MONTE-CRISTO.

MONTE-CRISTO, qui a ouvert la porte de la bibliothèque, qui s'est avancé vers le lit, arrêtant la main de Valentine.

Attendez! (Il goûte la potion, et lui donne le verre ensuite.) Buvez, maintenant.

VALENTINE.

Oh! c'est la première fois qu'une de mes visions me parle. Qui êtes-vous?

MONTE-CRISTO, un doigt sur la bouche.

Silence! n'appelez pas, ne vous effrayez pas, n'ayez pas même au fond du cœur l'éclair d'un soupçon ou l'ombre d'une inquiétude.

L'homme que vous voyez devant vous, car cette fois vous avez raison, Valentine, et ce n'est point une illusion, cet homme est le plus tendre père et le plus respectueux ami que vous puissiez rêver.

VALENTINE.

Mon Dieu!

MONTE-CRISTO.

Ecoutez-moi, ou plutôt regardez-moi; voyez mes yeux rougis, voyez mon visage plus pâle encore que d'habitude; c'est que depuis trois nuits je n'ai pas fermé l'œil un seul instant; depuis trois nuits je veille sur vous, je vous protége, je vous conserve à notre ami Maximilien.

VALENTINE.

Maximilien! Il vous a donc tout dit?

MONTE-CRISTO.

Oui, quand il vous a quittée dans le jardin, au moment de la mort du pauvre Barrois, c'était pour venir chez moi, c'était pour tout me dire, car il m'aime tant, pauvre Maximilien, qu'il me croit une puissance surhumaine. Oui, il m'a tout dit, votre âme de vierge, votre cœur d'ange. Il m'a dit que votre vie était sa vie; que si vous mouriez, il se tuerait, et je lui ai promis, moi, que vous vivriez.

VALENTINE.

Vous lui avez promis que je vivrais?

MONTE-CRISTO.

Oui.

VALENTINE.

Vous venez de parler de protection et de vigilance, êtes-vous donc médecin?

MONTE-CRISTO.

Oui, et le meilleur que le ciel puisse vous envoyer en ce moment, croyez-moi.

VALENTINE.

Vous dites que vous avez veillé. Où cela, comment cela, je ne vous ai pas vu?

MONTE-CRISTO.

Derrière la porte de cette bibliothèque.

VALENTINE.

En effet, c'est cette porte qui vous a donné passage. Comment donc... cette porte?...

MONTE-CRISTO.

J'ai acheté la maison voisine, et cette porte, je l'ai fait ouvrir.

VALENTINE.

Monsieur! ce que vous avez fait là...

MONTE-CRISTO.

Valentine, pendant cette longue veille, j'ai vu quelles gens venaient chez vous, quels alimens on vous préparait, quelles boissons on vous a servies; puis, quand ces boissons me paraissaient dangereuses, j'entrais comme je viens d'entrer, je vidais votre verre, et je substituais au poison un breuvage bienfaisant qui, au lieu de la mort qui vous était préparée, faisait circuler la vie dans vos veines.

VALENTINE.

Le poison! la mort! que dites-vous donc là, monsieur?

MONTE-CRISTO.

Chut!... Voilà comment vous avez vécu trois nuits, Valentine; mais moi, comment vivais-je? Oh! les cruelles heures que vous m'avez fait passer. Oh! les effroyables tortures que vous m'avez fait subir, quand je voyais verser dans votre verre le poison mortel, quand je craignais que vous n'eussiez le temps de le boire avant que je ne l'eusse répandu par la fenêtre.

VALENTINE.

Mais si vous avez vu verser le poison dans mon verre, vous avez vu la personne qui le versait?

MONTE-CRISTO.

Oui.

VALENTINE.

Vous l'avez vue?

MONTE-CRISTO.

Oui.

VALENTINE.

Oh! ce que vous me dites est horrible, ce que vous voulez me faire croire est infernal. Quoi! dans la maison de mon père! Quoi! dans ma chambre! Quoi! sur mon lit de souffrance on continue de m'assassiner!... Oh! retirez-vous, monsieur, vous tentez ma conscience, vous blasphémez la bonté divine! Cela n'est pas!

MONTE-CRISTO.

Etes-vous la première que cette main frappe, Valentine? N'avez-vous pas vu tomber autour de vous M. de Saint-Méran, madame de Saint-Méran, Barrois? Voyons, ne connaissez-vous pas la personne qui en veut à votre vie?

VALENTINE.

Non. Pourquoi quelqu'un désirerait-il ma mort?

MONTE-CRISTO.

Vous ne le soupçonnez pas?

VALENTINE.

Non.

MONTE-CRISTO, écoutant.

Vous allez la connaître alors?

VALENTINE.

Comment cela?

MONTE-CRISTO.

Parce que ce soir vous n'avez ni fièvre, ni délire, parce que ce soir vous êtes bien éveillée, parce que voilà minuit qui va sonner et c'est l'heure des assassins.

VALENTINE, s'essuyant le front.

Mon Dieu! mon Dieu!

MONTE-CRISTO.

Valentine, appelez toutes vos forces à votre secours, comprimez votre cœur dans votre poitrine, arrêtez votre voix dans votre gorge, feignez de dormir. Vous verrez! vous verrez!

VALENTINE.

J'entends du bruit, il me semble.

MONTE-CRISTO.

Pas un geste, pas un mot, qu'on vous croie endormie, sans quoi l'on vous tuerait peut-être avant que j'eusse le temps de vous secourir. (Il rentre dans la bibliothèque.)

SCÈNE IV.

VALENTINE seule.

(Scène de silence pendant laquelle elle écoute minuit sonner à la pendule; au dernier coup, la porte de madame de Villefort s'ouvre. Madame de Villefort apparait. Valentine soulevée sur son coude se laisse retomber sur l'oreiller puis attend. Madame de Villefort s'approche, verse dans le verre le contenu d'une fiole. Valentine fait un mouvement, madame de Villefort s'efface vivement à la tête du lit. Après un instant elle avance la tête, regarde Valentine, puis, pas à pas, presqu'à reculons, elle se retire.)

SCÈNE V.

VALENTINE, toujours couchée.

(Tandis que la porte de madame de Villefort se referme celle de Monte-Cristo s'ouvre et il reparait.)

MONTE-CRISTO.

Eh bien! doutez-vous encore?

VALENTINE.

Oh! mon Dieu!

MONTE-CRISTO.

Vous avez vu?

VALENTINE.

Hélas!

MONTE-CRISTO.

Vous avez reconnu?

VALENTINE.

Oui, mais je n'y puis croire.

MONTE-CRISTO.

Alors, vous aimez mieux mourir et faire mourir Maximilien?

VALENTINE.

Mais ne puis-je donc quitter la maison? ne puis-je me sauver?

MONTE-CRISTO.

Valentine, la main qui vous poursuit vous atteindra partout. Tenez, si vous aviez bu ce que madame de Villefort vient de verser dans ce verre, Valentine, vous étiez perdue!

(Il jette le contenu du verre par la fenêtre.)

VALENTINE.

Oh! mon Dieu! pourquoi donc me poursuit-elle ainsi? je ne lui ai jamais fait de mal.

MONTE-CRISTO.

Mais vous êtes riche, Valentine; mais vous avez deux cent mille livres, vous les enlevez à son fils.

VALENTINE.

Édouard! malheureux enfant! Et c'est pour lui que l'on commet tous ces crimes. Pauvre Édouard! Oh! pourvu que tout cela ne retombe pas sur lui!

MONTE-CRISTO.

Vous êtes un ange, Valentine!

VALENTINE.

Et c'est dans l'esprit d'une femme qu'un pareil projet a pris naissance. Oh! mon Dieu! oh! mon Dieu!

MONTE-CRISTO.

Valentine, votre ennemie est vaincue du moment où nous l'avons devinée. Vous vivrez pour être heureuse et rendre un noble cœur heureux; mais, pour vivre, Valentine, il faut avoir toute confiance en moi.

VALENTINE.

Ordonnez, que faut-il faire?

MONTE-CRISTO.

Prendre aveuglément ce que je vous donnerai.

VALENTINE.

Eh bien! monsieur, disposez de moi, mon Dieu! Mon Dieu! que va-t-il donc arriver?

MONTE-CRISTO.

Quelque chose qui arrive, Valentine, ne vous épouvantez pas; si vous souffrez, si vous perdez la vue, ne craignez pas; si vous vous réveillez sans savoir où vous êtes, n'ayez pas peur, dussiez-vous, en vous réveillant, vous trouver dans quelque caveau sépulcral ou clouée dans quelque bière. Quelqu'un veille sur vous.

(Un orage commence; éclairs pâles et rares; tonnerre lointain.)

VALENTINE.

Laissez-moi prier un instant. (Elle prie.) Donnez, maintenant.

(Monte-Cristo lui présente une pastille dans un drageoir.)

MONTE-CRISTO.

Ma fille, croyez-en mon dévoûment pour vous; croyez en la bonté de Dieu et dans l'amour de Maximilien.

VALENTINE, elle porte la pastille à ses lèvres.

Il le faut?

MONTE-CRISTO.

Oui. (Valentine mange la pastille.) Et maintenant au revoir, mon enfant! vous êtes sauvée. (Il rentre dans la bibliothèque.)

SCÈNE IV.

VALENTINE, seule.

Le comte n'a point dit si l'effet de ce narcotique serait lent ou rapide. Si je le rappelais. Oh! toute cette confiance que m'inspirait sa vue semble disparaître avec lui. Me voilà seule, seule... avec un sommeil terrible, avec un sommeil... qui est bien véritablement le frère de la mort! Oh! il me semble que mon cœur s'engourdit... il me semble que ma vue se trouble; je touche les objets et ne les sens plus... Mon Dieu! si le comte s'était trompé... si au lieu du sommeil... c'était la mort.. cette lumière... qui veille, je ne la vois plus qu'à travers un brouillard... je suis glacée... Oh! je sens que je meurs .. Je ne veux pas mourir... de l'air,.. de l'air... A moi! au secours! (Elle sonne avec désespoir, la sonnette s'échappe de ses mains.) Ma. .xi...mi...lien... (Éclairs, tonnerres; elle tombe évanouie sur son lit.)

SCÈNE VII.

VALENTINE, évanouie, VILLEFORT, Mme DE VILLEFORT. LA GARDE, DOMESTIQUES.

(Madame de Villefort, Villefort entrent chacun par la porte, Villefort va droit au lit de Valentine, madame de Villefort regarde le verre sur le guéridon.)

VILLEFORT, entrant.

Tu appelles, mon enfant, tu as sonné, tu as besoin de quelque chose? Je travaille, me voilà. Valentine! Valentine! Au nom du ciel! réponds, Valentine! (Il la touche.) Sans voix... sans respiration .. son cœur ne bat plus. Morte! morte! morte! (Il tombe accablé près du lit.)

LES DOMESTIQUES.

Morte!

Mme DE VILLEFORT.

Mais il vous reste un fils, monsieur, venez! (Ils sortent; à ce moment, l'orage éclate avec fureur, la fenêtre s'ouvre avec fracas et Maximilien, pâle, éperdu, paraît.)

SCÈNE VIII.

MAXIMILIEN, puis MONTE-CRISTO.

MAXIMILIEN.

Pas de nouvelles depuis trois jours. Ces gens éperdus qui s'enfuient, je n'y tiens plus!... Valentine, pardonnez-moi. Valentine... C'était trop souffrir, elle dort... Valentine!... (apercevant le cadavre.) Ah! ah!... (Il tombe sur un fauteuil. Après un temps, il se relève, va au lit, découvre le visage de la jeune fille, dans un effrayant silence, puis, froidement.) Valentine est morte. (Il regarde plus fixement.) Valentine est morte! (Une main de la jeune fille pend hors du lit. Maximilien prend cette main, et la baise avec un sanglot déchirant. Il se relève.) Au revoir, Valentine, à bientôt! C'est mon tour! (Il va prendre ses pistolets qu'il a déposés en entrant sur la cheminée.)

MONTE-CRISTO, paraissant.

Maximilien, vous ne mourrez pas!

MAXIMILIEN.

Vous ici! vous venez de dire, je crois, que je ne mourrais pas? Qui donc m'en empêchera?

MONTE-CRISTO.

Moi!

MAXIMILIEN.

Vous! vous qui m'avez leurré d'un espoir absurde, vous qui m'avez retenu, bercé, endormi par de vaines promesses; vous qui affectez toutes les ressources de l'intelligence, toutes les puissances de la matière: vous qui jouez, ou plutôt qui faites semblant de jouer le rôle de la Providence et qui n'avez pas même eu le pouvoir de donner du contre-poison à une jeune fille empoisonnée: et vous venez me dire cela en présence du cadavre de Valentine... Monsieur, vous me feriez pitié, si vous ne me faisiez horreur!

MONTE-CRISTO, lui arrachant le pistolet.

Et moi je vous répète que vous ne vous tuerez pas!

MAXIMILIEN.

Mais qui donc êtes-vous pour vous arroger un pareil droit sur moi?..

MONTE-CRISTO.

Je suis le seul homme au monde qui ait le droit de vous dire: Morrel! je ne veux pas que le fils de votre père meure aujourd'hui.

MAXIMILIEN

Et pourquoi parlez-vous de mon père, pourquoi mêler le souvenir de mon père à ce qui m'arrive?

MONTE-CRISTO.

Parce que je suis celui qui a déjà sauvé la vie à ton père, un jour qu'il voulait se tuer, comme tu veux te tuer aujourd'hui; parce que je suis l'homme qui a donné la bourse à ta jeune sœur, et rendu le Pharaon au vieux Morrel, parce que je suis Edmond Dantès, qui te fit jouer, enfant, sur mes genoux.

MAXIMILIEN, reculant.

Edmond! Edmond Dantès! Ah! (Il se jette aux pieds de Monte-Cristo.)

MONTE-CRISTO.

Silence! silence! voyons, redeviens-tu enfin un homme, Maximilien?

MAXIMILIEN.

Oui, car je recommence à souffrir.

MONTE-CRISTO.

Regarde moi, Morrel, oui, regarde moi... Je n'ai ni larmes dans les yeux, ni fièvre dans les veines, ni battemens dans le cœur. Et cependant, je te vois souffrir, toi, Maximilien, toi que j'aime comme j'aimerais mon fils. Eh! bien, si je te prie, si je t'ordonne de vivre, Morrel, c'est dans la conviction qu'un jour tu me remercieras de t'avoir conservé la vie.

MAXIMILIEN.

Mais vous oubliez donc que j'ai perdu Valentine?

MONTE-CRISTO.

Espère, Maximilien!

MAXIMILIEN.

Que j'espère! mais si vous me persuadez, vous me ferez perdre la raison, vous me ferez croire que je puis retrouver cet ange... Mon ami, mon père, prenez garde, vous me feriez croire à des choses surnaturelles!

MONTE-CRISTO.

Espère, mon ami, si je ne te guéris pas d'ici à huit jours, jour pour jour, heure pour heure, retiens bien mes paroles, Morrel... je te placerai moi-même en face de pistolets tout chargés, et d'une coupe du plus sûr poison d'Italie, d'un poison plus sûr et plus prompt, crois-moi, que celui qui a tué Valentine.

MAXIMILIEN.

Vous me le promettez?

MONTE-CRISTO.

Dans huit jours, et la date est sacrée, Maximilien, je ne sais si tu y as songé, nous sommes aujourd'hui le 15 septembre, Morrel; il y a aujourd'hui dix ans que j'ai sauvé ton père, (Maximilien prend les deux mains du comte et les baise) d'ici là, en revanche, tu me promets de vivre?

MAXIMILIEN.

Oh! comte, je vous le jure... Mais aussi...

MONTE-CRISTO.

Assez, mon fils! dépose un dernier baiser sur ce front livide. (Maximilien obéit.) Attends et espère! (Il emmène Maximilien.)

ACTE CINQUIÈME.

NEUVIÈME TABLEAU.

Le cabinet de Villefort.

SCÈNE I.

VILLEFORT, UN DOMESTIQUE.

VILLEFORT, au bruit que fait le domestique en entrant.

Qu'est-ce que cela?

LE DOMESTIQUE.

C'est une dame qui insiste pour entrer malgré les ordres de monsieur.

VILLEFORT.

Une dame?

LE DOMESTIQUE.

Voici sa carte.

VILLEFORT.

Baronne Danglars. Qu'elle entre.

SCÈNE II.

Mme DANGLARS, VILLEFORT.

VILLEFORT.

Excusez mes serviteurs, madame; ils sont atteints d'une terreur dont je ne puis leur faire un crime. Soupçonnés, ils deviennent soupçonneux.

Mme DANGLARS.

Ah! vous aussi, monsieur, vous voilà donc malheureux à votre tour?

VILLEFORT.

Oui, madame.

Mme DANGLARS.

Vous me plaignez alors?

VILLEFORT.

Croyez-le, bien sincèrement. Mais la dénonciation était positive, et j'ai dû faire arrêter le prévenu. D'ailleurs, pouvais-je laisser s'achever cette alliance entre votre fille et un échappé du bagne?

Mme DANGLARS.

Non, sans doute, vous ne pouviez pas laisser ma fille devenir la femme d'un tel homme. Oui, sans doute, vous deviez le faire arrêter, mais peut-être ne deviez-vous pas le faire arrêter chez moi, au moment même où l'on venait d'annoncer le mariage: ma maison est déshonorée. N'est-ce donc pas assez de notre ruine!

VILLEFORT.

J'ai fait arrêter le coupable où j'ai pu et comme j'ai pu, madame.

Mme DANGLARS.

Oh! quel affreux malheur!

VILLEFORT.

Quand j'entends parler de malheur, madame, j'ai pris la fâcheuse habitude de penser aux miens, et alors cette égoïste opération du parallèle se fait dans mon esprit. Voilà, pourquoi, à côté de mes malheurs, les vôtres me semblent une mésaventure; voilà pourquoi, à côté de ma position funeste, la vôtre me semble une position à envier. Mais laissons cela. Vous demandiez, madame...

Mme DANGLARS.

Je demandais, mon ami, où en est l'affaire de cet imposteur?

VILLEFORT.

Imposteur! décidément, madame, c'est un parti pris chez vous d'atténuer certaines choses et d'en exagérer d'autres. Imposteur! M. Andréa Cavalcanti, ou plutôt M. Benedetto! vous vous trompez, madame, M. Benedetto est bel et bien un assassin.

Mme DANGLARS.

Soit, monsieur; mais songez-y, plus vous vous armerez sévèrement contre ce malheureux, plus vous frapperez ma famille. Voyons, songez à ce qui se passe, monsieur de Villefort, et soyez, miséricordieux.

VILLEFORT.

Oui, je sais ce que vous voulez dire, vous faites allusion à ces bruits terribles répandus dans le monde, que toutes ces morts qui, depuis quatre mois m'habillent de deuil, que cette dernière mort, enfin, à laquelle vient de succomber Valentine, que toutes ces morts ne sont point naturelles.

Mme DANGLARS.

Non, je ne songeais point à cela.

VILLEFORT.

Si fait, vous y songiez, madame, et vous vous disiez bas en me regardant: toi, qui poursuis le crime, voyons, pourquoi donc y a-t-il autour de toi, près de toi, dans ta maison même, des crimes qui restent impunis? vous vous disiez cela, n'est-ce pas, madame?

Mme DANGLARS.

Eh bien! oui, je l'avoue.

VILLEFORT.

Je vais vous répondre; il y a des crimes qui restent impunis, parce qu'on ne connaît pas le criminel et qu'on craint de frapper une tête innocente pour une tête coupable; mais quand les criminels seront connus, par le Dieu vivant! madame, quels qu'ils soient, ils mourront; et maintenant, après le serment que je viens de faire et que je tiendrai, osez me demander grâce pour ce misérable!

Mme DANGLARS.

Eh! monsieur, êtes-vous donc sûr qu'il soit tout à fait indigne de pitié? Tel est criminel par occasion, qui, s'il eût vécu dans un autre milieu; qui, s'il fût né de parens qui eussent veillé sur sa jeunesse, eût été un exemple pour la société qui le repousse et appelle sur lui le regard des magistrats et la rigueur de la loi.

VILLEFORT.

Pour Dieu, madame, ne demandez donc jamais à moi la grâce d'un coupable! Que suis-je, moi? sinon cette loi dont vous parliez tout à l'heure, et que la société invoque pour garantir sa sûreté! Est-ce que la loi a des yeux pour voir votre tristesse? est-ce que la loi a des oreilles pour entendre votre douce voix? est-ce que la loi a une mémoire pour se faire l'application de vos délicates pensées? Non, la loi ordonne, et quand elle a ordonné, elle frappe. Vous me direz que je suis un être vivant et non pas un code; regardez-moi, madame, regardez autour de moi. Les hommes m'ont ils traité en frère? m'ont-ils aimé, moi? m'ont-ils ménagé, moi? m'ont-ils épargné, moi? Depuis que j'ai failli moi-même et plus profondément que les autres, je l'avoue, eh bien! depuis ce temps, j'ai secoué les vêtemens d'autrui pour trouver l'ulcère, et je l'ai toujours trouvé ce cachet de la perversité humaine; car chaque homme que je reconnais coupable me semble une preuve vivante, une preuve nouvelle que je n'étais pas une hideuse exception. Hélas! hélas! hélas! tout le monde est méchant, madame, prouvons-le, et frappons le méchant!

Mme DANGLARS.

Mais on m'a dit que ce jeune homme était vagabond, orphelin, abandonné de tous.

VILLEFORT.

Tant mieux! madame. Son père ne rougira pas de sa honte; sa mère ne pleurera pas sur sa mort.

Mme DANGLARS.

Mais c'est s'acharner sur le faible, monsieur.

VILLEFORT.

Le faible qui assassine.

Mme DANGLARS.

Son déshonneur rejaillit sur ma maison.

VILLEFORT.

La mort n'habite-t-elle pas la mienne?

Mme DANGLARS.

Ah! monsieur, vous êtes sans pitié pour les

autres. Eh bien! c'est moi qui vous le dis, on sera sans pitié pour vous.

VILLEFORT.

Soit. Il y a longtemps que j'ai ramassé le gant; je soutiendrai la lutte jusqu'au bout.

Mme DANGLARS.

Mais remettez au moins la cause de ce malheureux aux prochaines assises, cela donnera six mois pour qu'on oublie.

VILLEFORT.

Non pas, madame. Le coupable est arrêté; aujourd'hui l'instruction commence; aujourd'hui même, dans ce cabinet, j'interroge le coupable. Il y a encore quinze jours d'ici aux prochaines assises; c'est plus de temps qu'il n'en faut pour qu'il y comparaisse et qu'il y soit jugé. Et moi aussi, madame, il faut que j'oublie. Eh bien! quand je travaille, et je travaille nuit et jour, il y a des momens où je ne me souviens plus, et alors je suis heureux; heureux à la manière des morts, c'est vrai, mais cela vaut encore mieux que de souffrir. Aujourd'hui je l'interroge, dans quinze jours il sera accusé, dans quinze jours on demandera sa mort, et il sera condamné.

(Le docteur est entré pendant les dernières paroles.)

Mme DANGLARS.

Ah! vous ne me disiez pas qu'on nous écoutait! Adieu, monsieur.

VILLEFORT.

Adieu, madame. (Elle sort.) Allons! allons! dix vols, quatre incendies, un assassinat! La session sera terrible.

SCÈNE III.

VILLEFORT, LE DOCTEUR.

LE DOCTEUR.

Oui, surtout si vous y ajoutez quatre empoisonnemens.

VILLEFORT.

Quatre empoisonnemens... Oh! docteur.. docteur... j'oubliais, et voilà que vous me faites souvenir.

LE DOCTEUR.

Oui, car je crois, monsieur, qu'il est temps que nous agissions. Je crois qu'il est temps que nous opposions une digue à ce torrent de mortalité qui se répand sur la maison, et quand je dis qu'il est temps, je devrais dire qu'il est trop tard.

VILLEFORT.

Docteur!

LE DOCTEUR.

Quant à moi, monsieur, je ne me sens point capable de porter plus longtemps de pareils secrets, sans espoir d'en faire sortir bientôt la vengeance pour la société et pour les victimes. Voyons, soyez magistrat, interprète de la loi, et honorez-vous par une immolation complète.

VILLEFORT.

Vous me faites frémir, docteur... Une immolation!

LE DOCTEUR.

Écoutez! la mort frappe à votre porte; elle entre; elle va, non pas en aveugle, mais, intelligente qu'elle est, de chambre en chambre. Eh bien! moi, je suis sa trace; je reconnais son passage.

VILLEFORT.

Parlez, docteur, j'aurai du courage.

LE DOCTEUR.

Eh bien! monsieur, vous avez chez vous, dans le sein de votre maison, un de ces monstres comme chaque siècle s'épuise à en produire un.

VILLEFORT.

Docteur!

LE DOCTEUR.

Cherche à qui le crime profite, dit un vieil axiôme de jurisprudence. Après la mort de M. et de madame de Saint-Méran, j'ai cherché, et, Dieu me pardonne, comme le crime profitait à Valentine...

VILLEFORT.

Docteur!

LE DOCTEUR.

J'ai soupçonné Valentine.

VILLEFORT.

Oh! la chaste et pure vierge, vous l'avez soupçonnée!

LE DOCTEUR.

Hélas! la mort elle-même est venue me dire que je me trompais, et je n'en ai que plus obstinément répété : Cherche à qui le crime profite!

VILLEFORT.

Et vous avez trouvé?...

LE DOCTEUR.

Suivez la marche du criminel; il tue d'abord M. de Saint-Méran.

VILLEFORT.

Docteur!

LE DOCTEUR.

Il le tue, vous dis-je! Il tue M. de Saint-Méran; il tue madame de Saint-Méran; enfin, il tue Valentine... Écoutez, écoutez bien!

VILLEFORT.

Oh! je ne perds pas un mot, quoique chaque mot me brise le cœur.

LE DOCTEUR.

Valentine héritait de M. et de madame de St. Méran; il fallait donc tuer d'abord M. et madame de Saint-Méran pour que toute leur fortune se réunit sur la tête de Valentine; et toute cette fortune réunie sur la tête de Valentine, il fallait tuer Valentine à son tour.

VILLEFORT.

Mais pourquoi cela?

LE DOCTEUR.

Pour que vous héritassiez de votre fille Valentine, et que votre fils Édouard héritât de vous.

VILLEFORT.

Oh! grâce, d'Avrigny, grâce!

LE DOCTEUR.

Pas de grâce, monsieur. Est-ce que, quand on vous demande grâce, à vous, vous l'accordez? Est-ce que tout à l'heure, à madame Danglars, qui vous demandait grâce, vous ne répondiez pas : Je suis la loi? Non, d'ailleurs, le médecin a une mission sacrée; c'est pour la remplir qu'il remonte jusqu'aux sources de la vie et qu'il descend dans les mystérieuses ténèbres de la mort, quand le crime a été commis, et quand Dieu, épouvanté sans doute, détourne son regard du criminel, c'est au médecin de dire : Le voilà!

VILLEFORT.

Oh grâce! grâce, pour elle.

LE DOCTEUR.

Oh! vous voyez bien que vous savez qui?

VILLEFORT.

Docteur, je ne résiste plus, je ne me défends plus, je vous crois, mais par pitié, épargnez sa vie, épargnez mon honneur.

LE DOCTEUR.

Monsieur de Villefort, si votre femme en était seulement à son premier crime, et que je la visse en méditer un second, je vous dirais : Avertissez-la, punissez-la, quelle passe le reste de sa vie dans quelque cloître, dans quelque couvent, à prier, à pleurer; mais elle a vu l'une après l'autre quatre agonies, mais elle a contemplé quatre moribonds, mais elle s'est agenouillée près de quatre cadavres. Au bourreau l'empoisonneuse! au bourreau!

VILLEFORT.

Eh bien! soit, docteur, seulement jurez-moi que le terrible secret demeurera entre nous.

LE DOCTEUR.

Oui, si elle meurt! oui, si elle est punie!

VILLEFORT.

Elle sera punie, elle mourra!

LE DOCTEUR.

C'est bien, je sais que vous n'engagez pas votre parole en vain, le secret vous sera gardé, mon ami. (Villefort sonne.)

VILLEFORT, au domestique qui entre.

Dites à madame de descendre et que je veux lui parler.

SCÈNE IV.

LES MÊMES, Mme DE VILLEFORT, EDOUARD.

Mme DE VILLEFORT.

Me voilà, monsieur. Oh! mon Dieu, pourquoi êtes-vous si pâle? Vous vous tuerez, monsieur, avec ce travail nocturne et incessant?

VILLEFORT.

Edouard, allez jouer au jardin, il faut que je parle à votre mère.

ÉDOUARD.

Dis donc papa, qu'est-ce qu'on lui fera donc à M. Benedetto?

VILLEFORT.

Allez au jardin, Édouard, je vous l'ai déjà dit, m'entendez-vous? Allez.

ÉDOUARD.

Maman!

VILLEFORT, il prend l'enfant par le bras et le conduit à la porte qui donne sur le jardin.

Va mon enfant, va. (Au docteur.) Adieu, mon ami.

LE DOCTEUR.

Rappelez-vous votre serment.

VILLEFORT.

Soyez tranquille, ce qui est juré est juré. (Il ferme la porte et revient sombre et pâle près de sa femme.)

SCÈNE V.

Mme DE VILLEFORT, VILLEFORT.

Mme DE VILLEFORT.

Oh! mon Dieu, qu'y a-t-il donc?

VILLEFORT.

Madame, où mettez-vous le poison dont vous vous servez d'habitude?

Mme DE VILLEFORT.

Que dites-vous, monsieur? je ne vous comprends pas!

VILLEFORT.

Je vous demande dans quel endroit vous cachez le poison avec lequel vous avez tué mon beau-père, M. de Saint-Méran, madame de Saint-Méran, Barrois et Valentine.

Mme DE VILLEFORT.

Oh! mon Dieu, que me dites-vous là?

VILLEFORT.

Ce n'est point à vous d'interroger, mais de répondre, madame.

Mme DE VILLEFORT.

Mais à qui dois-je répondre, monsieur, au mari ou au juge?

VILLEFORT.

Au juge, madame, au juge!

Mme DE VILLEFORT.

Oh! monsieur, je vous en supplie, ne croyez pas aux apparences.

VILLEFORT.

Oh! je n'ai douté que trop longtemps, madame, puisque mon doute vous a laissé le temps de tuer Valentine!

Mme DE VILLEFORT.

Monsieur, je vous jure...

VILLEFORT.

Seriez-vous lâche, madame, et en effet c'est une remarque que j'ai faite, que les empoisonneurs sont lâches?... Seriez vous lâche, vous qui cependant avez eu l'affreux courage de voir expirer devant vous trois vieillards et une jeune fille, assassinés par vous!...

Mme DE VILLEFORT.

Oh! monsieur!

VILLEFORT.

Seriez-vous lâche! Vous qui avez compté une à une les minutes de quatre agonies, vous qui avez si bien combiné vos plans infernaux, vous qui avez composé vos mélanges infâmes avec une habileté et une précision si miraculeuses, avez-vous oublié de calculer une seule chose, c'est-à-dire où pouvait vous mener la révélation de vos crimes?... Non, vous avez songé à tout cela et vous avez gardé quelque poison plus doux, plus subtil, plus meurtrier que les autres... pour échapper au châtiment qui vous était dû... Vous avez fait cela, je l'espère du moins?..

Mme DE VILLEFORT.

Eh bien! oui, oui, monsieur, tout cela est vrai et je suis bien coupable, mais puisque j'avoue...

VILLEFORT.

Oui, vous avouez; mais l'aveu fait à son juge, l'aveu fait au dernier moment, l'aveu fait quand on ne peut plus nier, cet aveu ne diminue en rien le châtiment qui doit être infligé au coupable.

Mme DE VILLEFORT.

Le châtiment, monsieur, le châtiment, voilà deux fois que vous prononcez ce mot.

VILLEFORT.

Sans doute. Est-ce parce que vous étiez quatre fois coupable, que vous avez cru y échapper? est-ce parce que vous êtes la femme de celui qui requiert ce châtiment, que vous avez cru que le châtiment s'écarterait de votre tête? Non, madame. Quelle qu'elle soit, l'échafaud attend l'empoisonneuse!

Mme DE VILLEFORT.

Mon Dieu, monsieur, pardonnez, mais je doute encore que ce soit à moi que s'adressent ces terribles paroles. Que voulez-vous dire, et qu'exigez-vous?

VILLEFORT.

Je veux dire, madame, que la femme d'un magistrat ne chargera pas de son infamie un nom jusqu'aujourd'hui sans tache, et ne déshonorera pas du même coup son mari et son enfant. Où est le poison dont vous vous servez d'habitude, madame?

Mme DE VILLEFORT.

Non, non, vous ne voulez pas cela.

VILLEFORT.

Ce que je ne veux pas, madame, c'est que vous périssiez sur un échafaud, entendez-vous!

Mme DE VILLEFORT.

Oh! monsieur, grâce!

VILLEFORT.

Ce que je veux, c'est que justice soit faite. Je suis sur terre pour punir. A toute autre femme, coupable comme vous, fût-ce à une reine, j'enverrais le bourreau. Mais à vous, je dis: où est votre poison? dites vite, madame, où est votre poison?

Mme DE VILLEFORT.

Oh! pour notre enfant, au nom de notre enfant, oh! laissez-moi vivre!

VILLEFORT.

Non, non, non! Si je vous laissais vivre, un jour vous l'empoisonneriez comme les autres.

Mme DE VILLEFORT.

Moi, tuer mon enfant! moi, tuer mon Edouard! Oh! vous êtes fou, monsieur!

VILLEFORT.

Songez-y, madame; là est un coupable, moins coupable que vous. Si, dans dix minutes, c'est-à-dire quand je l'aurai interrogé, justice n'est pas faite, les gardes qui ont amené un assassin en emmèneront deux.

Mme DE VILLEFORT.

Impossible, monsieur, impossible!

VILLEFORT.

Vous doutez? (Il va à la porte à droite, il l'ouvre.) Entrez.

(Les gendarmes entrent, tenant entre eux Benedetto, qui a les poucettes aux mains.)

SCÈNE VI.

LES MÊMES, BENEDETTO.

VILLEFORT, allant à sa femme.

Si l'interrogatoire de cet homme achevé, je vous retrouve vivante, vous coucherez ce soir à la Conciergerie. Allez!

Mme DE VILLEFORT.

Ah! Edouard! mon Edouard!

(Elle s'élance dans le jardin.)

SCÈNE VII.

LES MÊMES, moins Mme DE VILLEFORT.

BENEDETTO.

Oh! oh! dites donc, gendarmes, j'arrive dans un mauvais moment.

VILLEFORT, à son bureau.

Avancez ici, et répondez moi.

BENEDETTO.

Ah! c'est monsieur de Villefort, avec lequel j'ai eu l'honneur de dîner à Auteuil chez M. le comte de Monte-Cristo. Serviteur, monsieur de Villefort.

VILLEFORT.

Ignoriez-vous donc que c'était moi qui dût vous interroger?

BENEDETTO.

Je m'en doutais, et je vous l'avouerai, je comptais bien un peu là-dessus.

VILLEFORT.

Silence, et quittons ces façons familières. Je ne suis pas plus M. de Villefort que vous n'êtes le comte Andréa Cavalcanti. Vous êtes un prévenu, et je suis la justice. Approchez, et répondez.

BENEDETTO.

C'est très bien dit, cela, monsieur de Villefort; mais si vous voulez que je parle, il faudrait m'interroger sans témoins. J'ai des choses curieuses à vous dire, parole d'honneur, et vous ne serez pas fâché, quand je vous aurai dit ces choses, de les avoir entendues seul.

VILLEFORT.

Accusé, votre nom?

BENEDETTO.

J'ai déjà eu l'honneur de vous dire que je ne répondrais pas devant ces messieurs.

VILLEFORT.

Et pourquoi?

BENEDETTO.

Parce que j'ai des révélations à vous faire.

VILLEFORT.

Des révélations! Et sur qui?

BENEDETTO.

Sur un homme très haut placé.

VILLEFORT

Toute instruction doit être publique.

BENEDETTO.

Eh! qui vous empêchera de la rendre publique, si vous voulez? Mais d'abord, qu'est-ce que cela vous fait, interrogez-moi en tête à tête, j'ai un grand coupable à vous dénoncer. (Il s'est avancé pour dire ces mots. Les gendarmes se lèvent pour le retenir.) Eh! n'ayez donc pas peur!

VILLEFORT.

Laissez-moi seul avec cet homme.

VILLEFORT.

Allez, vous dis-je... S'il se portait à quelque violence...

(Il tire de sa table deux pistolets qu'il pose près de lui).

BENEDETTO.

Allons! allons! J'en ai vu qui n'étaient pas si braves que ça... Cela me rend fier, moi.

SCÈNE VIII.

VILLEFORT, BENEDETTO.

VILLEFORT.

Nous voilà seuls... Répondrez-vous maintenant... Votre nom?

BENEDETTO.

Vous est-il égal de commencer par mon âge?... Je voudrais vous répondre d'abord sur ce que je sais le mieux.

VILLEFORT.

Votre âge alors?

BENEDETTO.

J'ai vingt-et-un ans, ou plutôt je les aurai dans quelques jours seulement. (Villefort écrit), étant né dans la nuit du vingt-sept au vingt-huit septembre mil huit cent dix sept.

VILLEFORT.

Que dites-vous là?

BENEDETTO.

La vérité pure.

VILLEFORT, à part.

C'est un hasard!... Où êtes-vous né?

BENEDETTO.

A Auteuil près Paris.

VILLEFORT.

A Auteuil!... Votre nom?

BENEDETTO.

Ah! mon nom, je ne puis pas vous le dire, attendu que je ne le sais pas, mais je puis vous dire celui de mon père.

VILLEFORT.

De votre père?... Eh bien! dites...

BENEDETTO.

Il se nomme Gerard? Oui, c'est bien cela!... C'est qu'il a plusieurs noms voyez-vous, et j'ai peur de m'embrouiller.

VILLEFORT.

Gérard?

BENEDETTO.

Gérard Noirtier de Villefort.

VILLEFORT.

Jeune homme .. vous mentez!

BENEDETTO.

Oh! que vous savez bien que non.

VILLEFORT.

Mais dans l'instruction que j'ai là sous les yeux, vous avez déclaré vous nommer Benedetto; vous avez dit être orphelin; vous vous êtes donné la Corse pour patrie.

BENEDETTO.

Que voulez-vous! à cette époque je n'en savais pas plus que les autres. Mais depuis, un brave homme de Corse, une espèce de père que j'avais, a bien voulu me mettre au courant de toutes ces petites choses-là, qu'il a jugées pouvoir m'être de quelqu'utilité; donc je vous le répète, je suis né dans la nuit du vingt-sept au vingt-huit septembre mil huit cent dix-sept; je suis né à Auteuil, rue de La Fontaine, numéro vingt-huit; je suis fils de M. Gérard Noirtier de Villefort. Maintenant voulez-vous d'autres détails? je vais vous les donner. Je suis né au premier étage de la maison, dans une chambre tendue de damas rouge; mon père me prit dans ses bras, en disant à maman que j'étais mort, et m'emporta dans le jardin, où il m'enterra vivant. En voulez-vous encore des preuves : eh bien! regardez vous dans une glace, et voyez comme vous êtes pâle.

VILLEFORT.

Eh bien! oui, c'est vrai; je suis pâle; eh bien! oui, c'est vrai, vous êtes né dans la maison numéro vingt-huit; eh bien! oui, c'est vrai, vous avez été enterré vivant; eh bien! oui, c'est vrai, vous êtes mon fils. Maintenant, qu'avez-vous à espérer, et où voulez-vous en venir?

BENEDETTO.

Oh! c'est bien simple, je me suis dit, quand je serai en tête à tête avec mon père; quand il verra qu'il n'y a qu'à me délier les pouces et m'ouvrir la porte du jardin, pour que je décampe; eh bien! mais il me déliera les pouces et m'ouvrira les portes du jardin, et je décamperai.

VILLEFORT.

Vous vous êtes dit cela?

BENEDETTO.

Ma foi oui.

VILLEFORT.

Et vous n'avez pas pensé que j'eusse d'autre moyen de me débarrasser de vous?

BENEDETTO.

Non, et cependant je ne manque pas d'imagination à ce que je crois

VILLEFORT.

Vous n'avez pas pensé, par exemple, que je pusse vous casser la tête d'un coup de pistolet, et dire que vous avez voulu fuir. (Il lui met le pistolet sur le front), et faire ainsi disparaître en fumée votre secret et le mien?

BENEDETTO, épouvanté.

A moi! à l'aide!

VILLEFORT.

J'aurais le temps de vous tuer dix fois, malheureux, avant qu'on ne vienne à votre voix, car la mienne seule commande ici; mais je l'ai dit, je ne vous tuerai pas, je ne vous sauverai pas! Je ne suis pas un homme, je suis la loi; sourd, aveugle, implacable pour tout ce qui est criminel, pour moi comme pour les autres. — Gardes! (les gendarmes rentrent.) Reconduisez l'accusé dans sa prison, et veillez sur lui; vous en répondez à la société; c'est un grand coupable; allez.

BENEDETTO.

Ah! ma foi! il est encore plus fort que moi (Il sort.)

SCÈNE IX.

VILLEFORT, seul.

Eh bien! soit, justice pour tous, l'expiation fera oublier le crime; l'honneur du juge couvrira l'infamie de l'assassin. Ah! seulement, j'ai besoin de me rattacher à quelque chose : Mon fils! mon enfant! mon Édouard!

(Il sonne, le valet de chambre entre.)

SCÈNE X.

LE MÊME, UN VALET DE CHAMBRE.

VILLEFORT.

Cherchez mon fils! et amenez-le-moi!

LE VALET DE CHAMBRE.

Monsieur sait-il où il est?

VILLEFORT.

Non! appelez-le! cherchez-le!

LE VALET DE CHAMBRE.

C'est que madame l'a été prendre au jardin, il y a un quart-d'heure à peu près; c'est que madame l'a emporté chez elle, et nous ne l'avons pas revu depuis.

VILLEFORT.

Madame l'a emporté! vous ne l'avez pas revu depuis!

LE DOMESTIQUE.

Non, monsieur; mais on peut aller chez madame.

VILLEFORT.

Non, laissez-moi, j'irai moi-même (Le domestique sort.) Oh mon enfant! qu'a-t-elle fait de mon enfant? (Il va à la porte.) La porte fermée! Ouvrez, Herminie, ouvrez.

SCÈNE XI.

VILLEFORT, Mme DE VILLEFORT.

(La porte s'ouvre, madame de Villefort est debout, raide et pâle.)

Mme DE VILLEFORT.

Monsieur, que voulez-vous encore ? j'ai obéi.

VILLEFORT.

Vous m'avez obéi. (Elle laisse tomber un flacon vide.) Et mon fils, où est mon fils ?

Mme DE VILLEFORT.

Là.

VILLEFORT.

Que voulez-vous dire ?

Mme DE VILLEFORT.

Là.

(Elle indique du geste la chambre voisine, où Villefort se précipite et d'où il rapporte l'enfant inanimé.)

VILLEFORT.

Mon fils, mon fils, oh ! il est évanoui ! du secours, du secours.

Mme DE VILLEFORT.

Inutile.

VILLEFORT.

Que voulez-vous dire ?

Mme DE VILLEFORT.

Vous savez si j'aimais mon fils, puisque c'est pour mon fils que je me suis faite criminelle !

VILLEFORT.

Eh bien !

Mme DE VILLEFORT.

Eh bien ! une bonne mère ne part pas sans son enfant !

VILLEFORT.

Ah !

Mme DE VILLEFORT lui arrachant l'enfant des bras.

Viens, Édouard.

(Elle roule à terre avec l'enfant, morts tous deux.)

VILLEFORT, devenant fou.

Édouard, mon enfant, mon Édouard (Il sonne.) Venez, venez tous (Les domestiques entrent.) Édouard, où est-il ? Oh ! je le retrouverai, moi. Donnez-moi une bêche. (Les domestiques se regardent épouvantés.) Oui, une bêche, une bêche. Vous avez beau prétendre qu'il n'est pas enterré là, donnez-moi une bêche, et je le retrouverai. Je le retrouverai, dussai-je chercher jusqu'au jour du jugement dernier.

TOUS, avec horreur.

Il est fou !...

ÉPILOGUE.

DIXIÈME TABLEAU.

Ile de Monte-Cristo. — Clair de lune.

SCÈNE I.

MONTE-CRISTO, MORREL.

MONTE-CRISTO.

Par ici, Morrel, par ici.

MORREL.

Sommes-nous donc arrivés ?

MONTE-CRISTO.

Oui, reconnaissez-vous cette grotte ?

MORREL.

C'est celle où je vous ai vu pour la première fois, oui, comte je la reconnais.

MONTE-CRISTO.

Ces huit jours d'absence, de voyage, ne vous ont point consolé ?

MORREL.

Tenez, prenez ma main, comte, mettez le doigt sur l'artère, comptez les pulsations, et vous verrez qu'elle ne bat ni plus fort ni plus lentement que d'habitude. Vous m'avez parlé d'attendre et d'espérer. Savez-vous ce que vous avez fait, malheureux sage que vous êtes ? J'ai attendu, c'est-à-dire que j'ai souffert... j'ai espéré... Oh ! l'homme est une pauvre et misérable créature ! Qu'ai-je espéré, je n'en sais rien... quelque chose d'inconnu, d'absurde, d'insensé, un miracle ! Lequel, Dieu seul peut le dire. Mais j'aimais tant cette pauvre morte, mais ce pauvre ange que j'ai perdu vivait si ob-tinément dans mon souvenir, dans mon espérance, que depuis huit jours je me suis fatigué à retrouver ma Valentine dans la vie, elle que je ne puis plus retrouver qu'au sein de la mort, aujourd'hui expire le sursis que vous m'avez demandé, mon ami. C'est aujourd'hui le 5 octobre, il est onze heures du soir, j'ai encore une heure à vivre, l'idée que dans une heure je ne souffrirai plus est suave à mon pauvre cœur.

MONTE-CRISTO.

Ne regrettez-vous rien en ce monde?

MORREL.

Non.

MONTE-CRISTO.

Pas même moi?

MORREL.

Comte!

MONTE-CRISTO.

Quoi! Il vous reste un regret de la terre et vous mourez?

MORREL.

Oh! je vous en supplie, plus un mot. Oh! ne prolongez pas mon supplice!

MONTE-CRISTO.

Eh bien, vous le voulez, Morrel, vous êtes inflexible, donc étant profondément malheureux, vous méritez qu'un miracle vous rende le bonheur. Regardez.

SCÈNE II.

MORREL, MONTE-CRISTO, VALENTINE.

(Une figure voilée monte du fond des rochers, s'approche lentement, lève son voile; on reconnaît Valentine, couronnée de roses blanches.)

MORREL.

Est-ce déjà le ciel qui s'ouvre pour moi! cette ange ressemble à celle que j'aie perdue.

VALENTINE.

Maximilien! Maximilien!

MAXIMILIEN.

Valentine! Valentine!

VALENTINE.

Maximilien! mon bien aimé!

MONTE-CRISTO.

Valentine, désormais vous n'avez plus le droit de vous séparer de celui qui est là, car pour vous retrouver il se précipitait dans votre tombe, sans moi vous mouriez tous deux. Je vous rends l'un à l'autre. Ma tâche est accomplie; j'ai puni les méchans, j'ai récompensé les bons! Mon Dieu! si je me suis trompé faites-moi miséricorde! Et puisse le bien que j'ai fait l'emporter sur le mal, dans votre balance infaillible, ô mon Dieu!

FIN DE VILLEFORT.

Paris. — Imprimerie de DUBUISSON, rue Coq-Héron, 5.

...vaud., 3 a. 60
...Lenoir, v., 2 a. 60
...e d'Arc, dr., 5 a. 60
...e d'Arc, trag., 5 a. 1
...e et Jeanneton, dr. ...ctes 60
...de Bourgogne, c., ...tes. 60
...e (la), dr., 3 a. 60
... femme colère ... com., 1 a. 60
...Mari (le), c., 3 a. 60
...se de Henri V, c., ...tes. 60
...se de Richelieu ... com., 5 actes. 60
...ée (la), d'une Jolie ...me, vaud., 5 a. 60
..., vaud., 2 a. 60
..., tr., 3 a. 1
...(la), grand opéra, ...tes. 1
...ux Béarnais (les), ...4 a. 60
... de Dieu (la), ...ne, 5 a. 60
...drame, 5 actes. 60
... ou le Retour en ...se, vaud., 1 a. 60
...e (le), op.-com., ...te. 60
...Fées (le), grand ...a, 5 actes. 1 f.
...eymour, dr., 5 a. 60
...e de la Forêt (la), ..., 2 actes. 60
...e de Montfermeil, ...4 actes. 60
...uel), op.-c., ...actes. 60
...udaw (le), v., 1 act. 60
...tude, dr., 5 actes. 60
... le Pâtre, drame, ...ctes. 60
...com.-v., 3 act. 60
...fr.-v., 3 act. 60
... la Fille du ...teur, dr., 3 act. 60
... de mes maîtresses ..., vaud., 1 a. 60
...e (le), v., 1 acte. 60
...is II, trag., 5 act. 60
...ie, ou la Répara... vaud., 2 actes. 60
... de Ligneroiles, ...me, 5 actes. 60
...pour l'autre, com., ...te. 60
... de Lamermoor, op., ...ctes. 1
...e, drame, 3 actes. 60
... de miel (la), vaud., ...actes. 60
...e rousse (la), v., 1 a. 60
...e et Indigence, com., 5 actes. 60
Machabées (les), drame, 5 actes. 60
Maçon (le), op.-c., 3 a. 60
Madame Barbe-Bleue, v., 2 actes. 60
Madame de Brienne, dr., 2 actes. 60
Madame du Barry, v., 3 actes. 60
Madame de Lucenne, c., 3 actes. 60
Madame de Sévigné, v., 3 actes. 60
Madame Duchâtelet, v., 1 acte. 60
Madame Gibou et madame Pochet, v., 5 a. 60
Madame Grégoire, vaud., 2 actes. 60
Madame Lavalette, dr., 2 actes. 60
Mademoiselle Bernard, vaud., 1 acte. 60
Mademoiselle d'Aloigny. 60
Mademoiselle de Belle-Isle, com., 5 actes. 1 f.
Mademoiselle de Choisy, vaud., 3 actes. 60
Mademoiselle de Mérange, op.-com., 1 a. 60
Mademoiselle Desgarcins, vaud., 1 acte. 60
Mademoiselle Rose, com., 3 a. 60
Ma Femme et mon Parapluie, vaud. 1 act. 60
Magasin de la graine de lin (le), vaud., 1 a. 60
Main de Fer (la), opér.-com., 3 a. 60
Maison en loterie (la), vaud., 1 a. 60
Maîtresse de Poste (la), vaud., 1 a. 60
Malheurs d'un Amant heureux (les), v., 2 a. 60
Malheurs d'un joli garçon (les), vaud., 1 a. 60
Mal Noté dans le quartier, vaud., 1 a. 60
Malvina, vaud., 2 a. 60
Manon ou une épisode de la Fronde. 60
Mansarde des Artistes (la), vaud., 1 a. 60
Mantille (la), op.-c., 1 a. 60
Marché de Londres, dr., 5 actes. 60
Marguerite, op.-c., 3 a. 60
Mari à la campagne, (le), c., 3 actes. 60
Mari de sa cuisinière (le), vaud., 2 a. 60
Mari de ma femme (le), com., 3 a. 60
Mari et l'Amant (le), com., 1 a. 60
Mariage d'argent (le), com., 5 a. 60
Mariage de raison, v., 2 actes. 60
Mariage extravagant, v., 1 a. 60
Mariage impossible (le), vaud., 2 a. 60
Marie Mignot, v., 3 a. 60
Marie, ou le Dévouement, dr., 3 a. 60
Marie Stuart, trag., 5 a. 60
Marie de Rohan, opéra, 3 actes. 1 fr.
Marie Jeanne, dr., 5 a. 60
Marie Stuart, op., 5 a. 1
Marino Faliero, trag., 5 actes. 60
Maris sans femmes (les), vaud., 1 a. 60
Maris vengés (les), v., 5 actes. 60
Marius à Minturnes trag., 5 a. 60
Marquis de Brunoy (le), drame, 5 actes. 60
Marquis de Carabas (le) vaud., 2 actes. 60
Marquise de Rantzau (la), vaud., 2 actes. 60
Marraine (la), v., 1 act. 60
Masaniello, op.-com., 4 actes. 60
Mathilde, drame, 5 a. 60
Médisant (le), coméd., 4 actes. 60
Mémoires d'un colonel de hussards, vaudeville, 1 acte. 60
Ménestrel (le), coméd., 5 actes. 60
Mère au bal et la Fille à la maison (la), v., 2 actes. 60
Mère de famille, vaud. 1 acte. 60
Michel Bremond, dr. 5 a. 1
Michel et Christine, v., 1 acte. 60
Michel Perrin, vaud., 2 actes. 60
Mil sept cent soixante, com., 1 acte. 60
Mina, opéra-com., 3 a. 60
Miracle des Roses, dr. 5 act. 1
Misanthropie et repentir, comédie, 5 actes. 60
Moiroud et compagnie, vaudev., 1 acte. 60
Mon coquin de neveu, vaud., 1 acte. 60
Monsieur Chapolard, v., 1 acte. 60
Monsieur Sans-Gêne, v., 1 acte. 60
Monte-Christo drame, 10 actes, Dumas. 2
Mousquetaires (les), dr. 5 actes, Dumas. 1
Mousquetaires de la reine (les), op.-com., 3 actes. 1
Muette de Portici (la), gr. opéra, 5 actes, 1 fr.
Mystères de Paris (les), drame, 5 actes, 1 fr.
Mystères de Passy (les), parodie en 11 tabl. 60
Nanon, Ninon et Maintenon, v., 3 actes. 60
Napoléon, dr., 9 tabl. 60
Naufrage de la Méduse (le), op.-com., 4 act. 60
Naufrageurs (les), dr., 3 actes. 60
Neige (la), op.-com., 4 actes. 60
Nicolas Nickleby, dr., 5 actes. 60
Ninon chez Madame de Sévigné, op.-c., 1 a. 60
Nizza de Grenade, op., 3 actes. 1
Noémie, vaud., 2 actes. 60
Norma, trag. 5 a. 60
Norma, op., 3 actes. 1
Nouvelle Héloïse (la), dr. 3 actes. 60
Nouvelles d'Espagne, (les), c., 1 acte. 60
Nouveau Pourceaugnac, (le), vaud., 1 acte. 60
Nuées (les), comédie en 2 actes. 60
Nuit du meurtre (la), dr., 5 actes. 60
Obstacle imprévu (l'), coméd., 3 actes. 60
Ogresse (l'), v. 2 act. 60
Oiseaux de Boccace, v., 1 acte. 60
Oncle Baptiste, vaud., 2 actes. 60
Oscar, coméd., 3 actes. 60
Othello, op., 3 actes. 1
Ours et le Pacha (l'), v., 1 acte. 60
Ouverture de la chasse (l'), vaud., 1 acte. 60
Ouvriers (les), v., 1 a. 60
Pacte de famine (le), dr., 5 act. 60
Panier fleuri (le), op.-com., 1 acte. 60
Paquerette, v., 1 a. 60
Paria (le), trag., 5 actes. 60
Parieur éternel et le Turc (le). 60
Part du diable (la), op.-com., 3 actes. 60
Passé midi, v., 1 acte. 60
Passé minuit, v., 1 acte. 60
Passion secrète (la), c., 4 act. 60
Paysan perverti (le), vaud., 3 actes. 60
Pénitents blancs (les), vaud., 2 actes. 60
Père de famille (le), dr., 5 actes. 60
Père de la débutante (le), vaud., 5 actes. 60
Père Pascal (le), vaud., actes. 60
Périnet Leclerc, drame, 2 5 actes. 60
Permission de dix heures, v., 1 acte. 60
Perruquier de la régence, op.-com., 3 actes. 60
Petit homme gris, v., 1 acte. 60
Petit Chaperon rouge, op.-com., 3 actes. 60
Péché et pénitence, v., 1 acte. 60
Phare de Bréhat, v., 1 acte. 60
Philippe, vaud., 1 acte. 60
Philantropes (les), c., 3 actes. 60
Philosophe sans le savoir (le), c. 5 a. 60
Philtre (le), grand op., 2 actes. 60
Philtre champenois (le) vaud., 1 acte. 60
Phœbus ou l'Écrivain public, vaud., 2 a. 60
Picaros et Diégo, op.-com., 1 acte. 60
Pied de mouton (le), v., 3 actes. 60
Pie voleuse, dr., 3 a. 60
Pie voleuse, op.-com., 3 actes. 60
Pioupiou (le), v., 2 a. 60
Planteur (le), op.-com., 2 actes. 60
Plus beau jour de la vie (le), v., 2 actes. 60
Poil de la prairie (le), com. 3 actes. 60
Polder ou le Bourreau, dr., 3 actes. 60
Polonais (les), v., 2 a. 60
Polka (la), v., 1 a. 60
Poltron (le), v., 1 a. 60
Pontons (les), dr. 5 a. 60
Popularité (la), coméd., 5 actes. 60
Portrait vivant, c., 3 a. 60
Postillon de Lonjumeau, (le), op.-com., 3 a. 60
Poupée (la), v., 1 a. 60
Pourquoi? v., 1 a. 60
Pré-aux-Clercs, op.-c., 3 actes. 60
Précepteur à vingt ans (le), v., 2 a. 60
Première affaire (la), com., 3 actes. 60
Premières amours (les), vaud. 1 acte. 60
Prétendante (la), com., 3 actes. 60
Prétendants (les), com., 3 actes. 60
Préville et Taconnet, v., 1 a. 60
Princesse Aurélie (la), com., 5 a. 60
Prison d'Edimbourg (la), op.-c., 3 a. 60
Projets de mariage (les), com., 1 a. 60
Prophète (le), op., 5 a. 1 fr.
Prosper et Vincent, v., 2 actes. 60
Protégé (le), v., 1 a. 60
Puits d'amour, op.-c., 3 actes. 1 fr.
Pupilles de la garde, v., 2 actes. 60
Pauvre Jacques, v., 1 a. 60
Paysans (les), dr., 5 a. 60
Quaker et la danseuse, v., 1 a. 60
Quatre-vingt-dix-neuf moutons, v., 1 a. 60
Rabelais ou le curé de Meudon, v., 1 a. 60
Ravel en voyage, v., 1 acte. 60
Raymond Varney, dr. 60
Rébecca, v., 2 a. 60
Régine ou les deux nuits, op.-com., 2 a. 60
Reine de Chypre, op., 5 actes. 1 fr.
Reine de seize ans (la), v., 2 a. 60
Rendez-vous Bourgeois, (les), op.-com., 1 a. 60
République, l'Empire et les Cent jours (la). 60
Rêve du mari ou le manteau, c., 1 a. 60
Richard d'Arlington, dr., 5 a. 60
Richard en Palestine, op., 5 a. 1 fr.
Richard Savage, dr., 5 a. 60
Rigoletti, v., 1 a. 60
Rivaux d'eux-mêmes (les), c., 1 a. 60
Robert, chef de brigands, dr., 5 a. 60
Robert d'Evreux, op., 3 actes. 1 fr.
Robert-le-Diable, op., 5 actes. 1 fr
Robin des bois, op.-c., 3 actes. 60
Rodolphe, dr., 1 a. 60
Roman (le), c., 5 a. 60
Roman de Pension (un), v., 1 acte. 60
Roman d'une heure (le), c., 1 a. 60
Rose jaune (la), v., 1 a. 60
Rose de Péronne (la), op.-com., 3 a. 60
Rue de la Lune (la), v., 1 acte. 60
Ruy-Brac, parodie de Ruy-Blas. 60
Saltimbanques (les), v., 3 actes. 60
Samuel le marchand, dr., 5 a. 60
Sans tambour ni trompette, v., 1 a. 60
Satan ou le Diable à Paris, c.-v., 4 a. 60
Saül, trag., 5 actes. 60
Seconde année (la), v., 1 acte. 60
Secondes noces, v., 2 a. 60
Secret de la confession, (le), dr., 5 a. 60
Secret du ménage (le), com., 3 a. 60
Secret du soldat (le), 60
Secrétaire (le) et le Cuisinier, v., 1 a. 60
Sept heures, dr., 3 a. 60
Serment de collége (le), vaud., 1 a. 60
Shérif (le), op.-comique, 3 actes. 60
Sirène (la), op.-comique, 3 actes. 60
Sœur de Jocrisse (la), v., 1 acte. 60
Soldat de la Loire (le), dr., 1 a. 60
Somnambule (la), v., 2 actes. 60
Sonneur de Saint-Paul (le), dr., 5 a. 60
Sophie Arnould, vaud., 5 actes. 60
Suisse de Marly (le), v., 1 acte. 60
Sujet et duchesse, dram., 3 actes. 60
Surprises (les), v., 1 a. 60
Susceptible (le), c., 1 a. 60
Suzette, vaud., 2 a. 60
Symphonie (la), op.-c., 1 acte. 60
Talismans (les), drame, 5 actes. 60
Tasse (le), dr., 5 a. 60
Temple de Salomon (le), dr., 5 a. 60
Térésa, drame, 5 a. 60
Thérèse ou l'Orpheline de Genève, dr., 3 a. 60
Thérèse, op.-c., 2 a. 60
Tisserand de Ségovie (le), trag. en 5 actes. 60
Tôt ou tard, com., 3 a. 60
Toujours ou l'Avenir d'un fils, v., 2 a. 60
Toupinel, vaud., 2 a. 60
Tour de Nesle (la), dr., 5 actes. 60
Tout pour de l'or, dr., 5 actes. 60
Trafalgar, vaud., 1 a. 60
Treize (les), op.-c., 3 a. 60
Trente ans ou la Vie d'un joueur, dr., 3 a. 60
Tribut des cent vierges, (le), dr., 5 a. 60
Trois Gobe-Mouches, v., 1 act. 60
Turlurette, vaud., 1 a. 60
Tutrice (la), com., 3 a. 60
Un bal de grisettes, v., 1 acte. 60
Un Duel sous Richelieu, dr., 3 a. 60
Un fils, mélodr., 4 a. 60

ari charmant, v.,
cte. 60
arj du bon temps,
d., 1 acte. 60
ari, s'il vous plaît,
d., 1 acte. 60
énage parisien, dr.,
ctes. 60
oment d'impruden-
com., 3 a. 60
onsieur et une da-
vaud., 1 a. 60
ge du régent, vaud.,
cte. 60
ché de jeunesse, v.,
cte. 60
remier amour, v.,
tes. 60
andale, v., 1 acte. 60
avage, com., 3 a. 60
tament de dragon,
d., 1 acte. 60
ux de la vieille, v.,
te. 60
venture de Scara-
che, opéra. 1 f.
ouble leçon, com.,
1 acte. 60
Une famille au temps de
Luther, trag., 1 a. 60
Une faute, vaud., 2 a. 60
Une femme laide, vaud.,
2 actes. 60
Une fête de Néron, tr.,
5 actes. 60
Une chaîne, com., 5 act. 60
Une heure de mariage,
op.-com., 1 a. 60
Une invasion de grisettes,
vaud., 2 a. 60
Une journée à Versailles,
com., 3 a. 60
Une nuit au sérail, v.,
2 actes. 60
Une position délicate, v.,
1 acte. 60
Une présentation, com.,
3 actes. 60
Une Saint-Hubert, com.,
1 acte. 60
Une vision ou le Sculp-
teur, vaud., 1 a. 60
Une visite nocturne, v.,
1 acte. 60
Vagabond (le), dr., 1 a.
Val d'Andorre (le), op.-
com., 3 actes. 1 f.
Valentine, vaud., 2 a. 60
Valérie, com., 3 a.
Veau d'or (le), v., 2 a. 60
Vêpres (les) siciliennes,
trag., 5 a. 60
Verre d'eau, com., 5 a. 60
Vert-Vert, vaud., 3 a. 60
Veuve de la Grande ar-
mée (une), dr.-v., 4 a. 60
Vie de château (la), v.,
2 actes. 60
Vie de garçon, v., 2 a. 60
Vie d'un comédien, com.,
4 actes. 60
Veillée (la), op.-com.,
1 acte. 60
Vieux péchés (les), vaud.,
1 acte. 60
Vingt-six ans, v., 2 a. 60
Voisin Bagnolet (le), v.,
1 acte. 60
Voyage à Dieppe (le), c.,
3 actes. 60
Voyage de Robert Ma-
caire, vaud., 1 a. 60
Werther ou les Égare-
ments, vaud., 1 a. 60
Yelva ou l'Orpheline
russe, vaud., 2 a. 60
Zampa ou la Fiancée de
marbre, op.-com., 3 a. 60
Zoé ou l'Amant prêté,
vaudev. 60

Pièces de VICTOR HUGO, à 60 centimes :

LO, drame en 3 actes.
RAVES (les), trilogie.
RALDA (la), opéra en 4 actes.
HERNANI, drame en 5 actes.
LUCRÈCE BORGIA, drame en 3 actes.
MARIE TUDOR, drame en 3 actes.
MARION DELORME, drame en 5 actes
ROI S'AMUSE (le), drame en 5
RUY-BLAS, drame en 5 actes.

LE CUISINIER ROYAL,

Un volume in-octavo, par VIART. — Prix : 5 francs.

ON TROUVE A LA MÊME LIBRAIRIE :

CHASSEUR AU CHIEN D'ARRÊT,

ant les habitudes, les ruses du Gibier, de le chercher et de le tirer, le choix rmes, l'Education des Chiens, leurs dles, etc.

PAR ELZÉAR BLAZE,

tion. — 1 vol. in-8o. — Prix 7 fr. 50 c.

CHASSEUR AU CHIEN COURANT,

ant les habitudes, les ruses des Bêtes; de les quêter, de les juger et de les dé- er, de les attaquer, de les tirer ou de rendre à force; l'éducation du Limier, hiens courans, leurs maladies, etc.

PAR ELZÉAR BLAZE,

volumes in-8o. — Prix : 15 francs.

HISTOIRE DU CHIEN

CHEZ TOUS LES PEUPLES DU MONDE,

d'après la Bible, les pères de l'Eglise, le Koran, Homère, Aristote, Xénophon, Hérodote, Plutarque, Pausanias, Pline, Horace, Virgile, Ovide, Jean Caius, Paulini, Gessner, etc.

PAR ELZÉAR BLAZE,

Un vol. in-8o. — Prix : 7 fr. 50 cent.

La vie militaire sous l'Empire,

OU

MOEURS DE LA GARNISON, DU BIVOUAC ET DE LA CASERNE,

par EL. BLAZE,

DEUX VOLUMES IN-8. — PRIX 15 FR.

LE CHASSEUR AUX FILETS

OU LA CHASSE DES DAMES,

Contenant les habitudes, les ruses des Oiseaux, leurs noms vulgaires et scie ques, l'Art de les prendre, de les nourr de les faire chanter en toute saison, la m nière de les engraisser, de les tuer et manger.

PAR ELZÉAR BLAZE,

1 vol. in-8o, avec pl. gravées. — Prix : 7 fr. 50 c.

LE MÊME, grand papier vélin, imprimé en encre rouge. — Prix : 15 fr.

CABINET SECRET DU MUSÉE ROYAL DE NAPLES.

u volume in-fo grand raisin vélin, orné de 60 planches colo- représentant les peintures, les bronzes et statues érotiques istent dans ce cabinet. Au lieu de 100 fr., broché...... 30 fr.
e, figures noires, broché.............................. 20
figures coloriées sur chine, demi-reliure en veau... 40
figures noires sur chine, demi-reliure en veau....... 35
doubles fig. noires et coloriées, cartonné à la Bradel. 45
avec les deux collections de gravures sur papier de parfaitement coloriées, demi-rel., dos en veau à nerfs.. 60

L'art ancien et l'art au moyen-âge ne se piquaient pas d'une pudeur bien chaste; les plus admirables chefs-d'œuvre sont souvent accompagnés de détails obscènes qui en rendent impossible l'exposition aux yeux de tous. Le cabinet secret du roi de Naples est la seule galerie au monde où l'on se soit proposé de réunir tous les chefs-d'œuvre impudiques. Le livre qui les reproduit est l'indispensable complément de toutes les collections de musées, et doit trouver place dans un coin secret de la bibliothèque de l'artiste et de l'amateur.

SSIE, ALLEMAGNE ET FRANCE,

Révélations sur la politique russe,

D'APRÈS LES NOTES D'UN VIEUX DIPLOMATE,

M. FOURNIER. — 1 vol. in-8o, prix : 4 fr.

JEANNE D'ARC,

Par A. SOUMET. — 1 vol. in-8o, prix 5 fr.

THÉATRE DU MÊME,

1 vol. in-8o, prix : 4 fr.

Paris. — Imprimerie de DUBUISSON, rue Coq-Héron, 5.

CPSIA information can be obtained
at www.ICGtesting.com
Printed in the USA
LVHW011949010720
659482LV00004B/117

9 782011 87159